사과의 사생활

사과의 사생활

조우리 소설집

위즈덤하우스

차례

1 할머니의 유튜브 재생 목록 · 7

2 나와 함께 트와일라잇을 · 39

3 에버 어게인 · 67

4 껍데기는 하나도 없다 · 93

5 사과의 사생활 · 123

작가의 말 · 164

특별 대담 · 169

1

할머니의 유튜브 재생 목록

모든 일은 할머니로부터 시작되었다.

"할아버지 거기 가는 거 울 아빠가 진짜 싫어한단 말이야. 격 떨어진다고."

"……격이라고?"

동네 노래 교실에 격이라니, 이 무슨 분식집 주말 런치 3코스 같은 소리지? 그러거나 말거나 그 애는 속사포처럼 쏘아 댔다.

"너희 할머니는 왜 순진한 할아버지를 꼬셔서 가정의 평화를 깨는 거야? 거기서 술도 마시고 도박도 하고 그런다며? 응? 대답 좀."

나는 그 애 어깨에 붙은 실밥을 멍하니 바라봤다. 내가 무언가를 멍하니 바라보면 정말 멍청한 표정이 되는데 그런 표정을 보고도 싸움을 지속하려는 사람은 없었다. 나는 평화주의자이고 더군다나 학교에서 아이들의 이목을 끌고 싶지도 않다. 사실 이미 유명하긴 하지만 더 이상의 관심은 사양한다.

이 유명세는 나의 유명세가 아니다.

'날아오르는 용인데 하늘로 가는 통로를 막는 것들이 너무 많아 골짜기에 갇혀 버린 격.'

할머니 사주의 한 줄 요약이다. 물론 할머니에게 전해 들은 말이라 100퍼센트 믿을 순 없다. 하지만 날아오르는 용답게 할머니는 어딜 가든 눈에 띄었고 나서길 좋아했으며 늘 사람을 몰고 다녔다.

이해하기 쉽게 MBTI로 말하자면 ENFJ로 외향적인 사람 중 가장 외향적이고 적극적인 사람 중 가장 적극적인 타입. 전 국민과 아는 체하며 지낼 수 있게 정치인이 되어야 했는데 그러지 못하고 동네 노래 교실 선생님이 되었다. 노래 교실은 우리 할머니를 담아내기에 너무 작은 그릇이지만 그래도 할머니는 자신의 자리에 상당히 만족하는 듯 보인다. 함께 동네를 걷다 보면 수많은 할머니, 할아버지가 다가와 아는 체하고 반가워한다. 그럴 때 미소를 띠고 여유롭게 손을 천천히 흔드는 할머니는 마치 마을의 일인자 같다. 하긴 안티 세력도 만만치 않으니 늘 위협받는 자리인 것은 틀림없다.

노래 교실을 시작한 지 이제 1년이 넘어간다. 전국노래자랑 우수상 및 무수한 지방 축제 수상 경력을 지닌 할머니는 마을 발전에 일조하는 마음으로 일요 노래 교실을 열었다. 원하는 사람 누구나 참여할 수 있지만 조건이 있었다.

풀메이크업, 풀드레스업(full make up, full dress up). 꾸밀 수 있는 대로 최대한 꾸미고 가야 한다. 탈코르셋 트렌드에 역행하는 조건이었지만 할머니는 단호했다. 잘 차려입고 갈 만한 이벤트가 있어야 삶이 활기차진다는 것이다.

할머니들은 장롱에서 오래된 원피스를 꺼내 입었고 할아버지들은 양복을 입고 중절모를 썼다. 나라면 무지 귀찮을 것 같은데 어째서인지 반응은 폭발적이었다. 장사나 농사일로 작업복만 입던 할머니, 할아버지 들은 사교 클럽에 모이는 사람들처럼 매주 일요일 차려입고 나와 노래를 실컷 부르고 다 같이 음식을 해 먹고 고스톱도 치고 술도 한 잔하며 스트레스를 풀었다.

한편에서는 할머니가 평화로운 가정을 위협하는, 멀쩡한 이들을 겉멋 들이는 가정 파괴범이라는 주장도 함께 새어 나왔다. 부부 동반으로 노래 교실을 나오는 경우도 있지만 배우자나 가족은 집에 두고 혼자만의 시간을 즐기기 위해 나오는 분들이 훨씬 많다. 집안일도 농사일도 가정의 대소사도 제쳐 두고 누구의 아내, 누구의 남편, 누구의 부모, 누구의 며느리 이런 것들도 잊고 주 1회 오롯이 홀로 휴식과 즐거움을 누린다는데 말들이 참 많았다.

할머니는 비판하는 이들을 영혼 파괴범이라고 받아쳤다. 누구나 일주일에 몇 시간 정도는 자유로울 권리가 있는 거라고. 어쨌거나 노래 교실에 나오는 할머니, 할아버지는 우리 할머니에게 열광했다. 그들은 교회에 가는 대신 우리 할머니를 만나러 왔다. 할머니는 매주 누군가를 구원하고 있었다. 번쩍이는 큐빅이 달린 드레스와 붉은 장미색 립스틱을 장착하고.

그런 셀럽 할머니 손녀로 사는 삶은 조금 피곤했다. 나는 작은 마을에 살고 있고 동네 사람들 누구나 다 나를 안다. 다른 반 애들, 선생님마저도 노래 교실 이야기를 했다. 할머니는 지금까지도 식지 않은 뜨거운 감자였으므로 나는 그에 딸린 감자 이파리쯤 되었다. 사람들은 감자 이파리에도 관심을 보이는 수고를 아끼지 않았다.

할머니에게 직접 따지는 건 두려운 사람들이 내게 와 시비를 걸었다. 내가 걸어가면 들으란 듯이 할머니 욕을 하는 경우도 흔했다. 어찌 보면 지금 이렇게 나를 찾아와 당당히 따지기라도 하는 이 애는 건전한 편이다. 당당하고 기개 있어 보이기까지 한다. 그래도 자기네 집안일을 내게 와서 따지는 건 조금 웃기다.

"거기 모여서 노인들끼리 연애질하고 바람피우고 뭐 그런다며. 그게 올바른 건 아니잖아."

그럼 길지도 않은 인생에 하고 싶은 일도 못 하게 하는 게 올바른 일인가. (할머니가 내게 주입한 의견이긴 하지만) 입 밖으로 내지 않고 속으로만 받아쳤다. 내가 여기서 반박을 시작하면 불난 데에 기름 붓는 격이겠지. 모두가 구경 올 거다. 쉬는 시간은 곧 끝난다. 그러니까 내가 그냥 봐준다. 대답 없이 가방을 뒤적였다. 어디 초콜릿을 넣어 됐는데. 작은 초코바가 몇 개 나오기에 뜯어서 입에 넣고 아작아작 씹으며 그 애에게 물었다.

"먹을래?"

그 애는 나를 한참 째려보더니 종이 치자 자리로 돌아갔다.

생각난다. 그 애 할아버지. 지난주에 할머니가 집에 두고 간 무선 마이크를 노래 교실에 가져다주러 간 김에 잠깐 수업을 구경했다. 할머니는 쭈뼛거리는 할아버지를 앞에 세워 두고 발성을 가르치고 있었다. 할아버지는 빳빳하게 다린 손수건으로 쉴 새 없이 땀을 닦으며 작고 얌전한 목소리로 노래를 따라 불렀다.

"크게, 더 크게!"

할아버지 얼굴이 낯익었다. 아침마다 동네 기사 식당 앞에 물을 뿌리는 할아버지였다. 평소의 여유롭던 모습은 사라지고 고양이 앞에 잡혀 온 쥐처럼, 할아버지는 어쩔 줄 몰라 했다. 내게 따지러 온 애의 가족들은 다 같이 그 식당을 한다. 언젠가 할머니와 그곳에 밥을 먹으러 갔을 때 할아버지가 필요 이상으로 어색해하며 숭늉을 가져다준 적이 있다. 숭늉은 셀프였는데.

"입을 크게 벌리고 아!"

"아."

"에!"

"에……."

"이!"

"이……."

"노래하는 근육을 깨워야 합니다. 입만 움직이지 마시고!"

할아버지는 과감하게 입을 벌리지 못했다. 마치 음악 시간의 나를 보는 듯했다. 나 역시 큰 소리로 노래를 부르거나 사람들 앞에서 입을 크게 벌려 소리 내는 일 따위는 할 수 없다. 애국가나 교가를 따라 불러야 할 때도 고개를 숙이고 입 안에서 우물우물하는 시늉만 한다. 할머니는 이해하지 못한다. 내향적 인간의 부끄러움과 고뇌를.

그 애 할아버지는 참 착해 보였는데 손녀딸은 잘못 키웠다. 애가 아주 싸가지가 없다. 다만 내가 그 애를 봐준 건 주목받기 싫은 것도 있지만 그 애가 엄마 없이 할아버지, 아버지, 남동생 둘과 산다는 걸 알기 때문이다. 그 애 엄마는 몇 년 전 암으로 돌아가셨고 그 무렵 동네에서 돌아가며 그 집에 반찬을 가져다준 기억이 있다. 직접 말해본 적은 없지만 한동안 그 애의 우울한 뒷모습을 조마조마하며 지켜보기도 했다. 나도 엄마가 없으니까, 엄마가 없는 마음에 대해 잘 안다. 나는 심지어 아빠도 없으니까 그 부분이 걔한테 위안이 될지도 모른다고 생각한다. 하지만 그 말을 건네진 못했다. 나는 늘 그런다. 중요한 말들을 그냥 삼킨다.

부모님은 내가 아주 어릴 적에 돌아가셨다. 돌 무렵이었고 엄마 아빠에 대한 기억은 하나도 없다. 할머니에게 들은 바로는 둘은 이효리(그렇다, 핑클의 그 이효리다.) 팬클럽에서 만났고 엄마는 이효리를 닮았다고 한다. 그래서 내 이름은 김효리다. 세상에 어떤 부모가 아이 이름을 자기들이 좋아하는 가수 이름에서 따오는지 모르겠지만 어쨌든 엄마 아빠는 사라졌고 그들의 가장 오래된 농담인 나만 남았다.

어릴 적 할머니의 가슴팍에는 늘 푸른 멍이 들어 있었다. 할머니는 남들은 엉덩이에 있는 몽고점이 가슴팍에 들었다고 별꼴이라고 했다. 하지만 사실은 나를 재우고 가슴팍을 치며 울어서 그렇다는 걸 몇 년 후에 알았다. 그걸 알았을 때, 아주 오래 살아야겠다고 결심했다.

나는 홀로 기적처럼 살아남았고 오른쪽 눈을 세게 부딪쳐 시력이 0에 가깝다는 것 말고는 건강하다. 시력이 거의 상실된 오른쪽 눈은 근육이 약해져 눈동자가 미묘하게 바깥쪽으로 돌아간다. 그래서 사람들 눈을 잘 쳐다보지 않는다. 어딜 보고 있냐는 말을 들어야 하기 때문이다. 나는 열심히 상대의 눈을 보고 말했지만 상대는 내가 다른 곳을 보며 딴생각한다고 느꼈다. 어차피 상대가 그렇게 느낀다면 그냥 대놓고 다른 곳을 쳐다보는 게 낫다고 생각하게 되었다. 그래서 주로 말할 때 내 손이나 상대의 목울대, 바닥 무늬 같은 걸 바라본다. 이상한 건 그렇게 다른 곳을 바라보게 되자 정말로 상대의 말에 크게 신경이 안 쓰인다는 점이다. 기계적으로 대답은 하지만 사실 잘 듣지 않는다. 그래도 너무 티를 내면 상대가 화를 내거나 서운해하니까 적당히 대꾸하는 법을 안다. "아 정말, 진짜로?" "내 말이." "그러니까." "대박." 뭐 이런 말로 잘 돌려 막으면 된다. 대신 중요한, 정말

하고 싶은 말은 삼키는 편이다.

하지만 할머니한테는 그게 통하지 않는다. 할머니는 내가 꼭 눈을 쳐다보고 말하길 바란다. 할머니는 사실 눈으로 말한다. 슬픔, 기쁨, 초조함, 실망, 행복감, 분노……. 할머니 눈빛은 다채롭고 복잡하다. 그것을 해석하고 알아내는 데는 에너지가 필요하다. 나로선 그런 에너지 소모는 할머니 하나로 충분하다. 할머니는 나의 소울메이트니까 그 정도 에너지는 들여도 괜찮다.

최근 할머니의 행보가 수상하다. 원래도 할머니는 멋 부리는 걸 좋아했지만 요 며칠 인터넷 쇼핑몰에서 택배가 매일매일 도착하고 거울 앞에서 떠날 줄 모른다. 뭔 마녀 수프 다이어트를 한다고 하질 않나 탈색한 지 얼마 되지도 않은 머리카락을 오렌지색으로 다시 물들이질 않나. 손톱에 알록달록 붙였던 파츠 조각은 밥 먹다가 나물과 밥에서 각각 한 개씩 발견됐다. 그러거나 말거나 할머니는 자꾸 멍하니 창밖을 바라봤고 거울 앞에선 자주 슬픈 표정이 되었다. 그러다 혼자 휴대 전화를 보며 히죽히죽 웃곤 했다.

"도대체 왜 그러는 거야?"

참다못한 내가 물었을 때 할머니는 뭔가를 열심히 읽고 있다가 깜짝 놀라 휴대 전화를 떨어뜨렸다.

"왜 그렇게 놀라?"

"나이 들면 원래 손에 힘이 하나도 없고 기가 약해져서 잘 놀라."

"할머니 요새 좀 이상해."

"할미가 이상한 걸 이제 알았어?"

할머니는 내 뺨을 살짝 꼬집으며 웃었고 떨어진 휴대 전화를 주워 방으로 들어갔다. 나는 확신할 수 있었다. 할머니가 뭔가를 숨기고 있다는 걸. 방금 할머니는 내 눈을 쳐다보지 않았다.

할머니와 살아온 15년. 처음으로 할머니는 내게 비밀이 생겼다. 배신감에 실소가 터져 나왔다. 나는 심지어 일곱 살 때 옆집 남자애랑 서로 오줌 싸는 모습을 보여 주기로 한 것도 말했는데. 그 남자애는 부모님께 엉덩이를 맞았고 나는 상담 기관에 가서 성교육을 받았다. 그것 말고도 열두 살 때 반에서 처음으로 남자 친구 사귄 것, 수행 평가 때 옆 반 애 거 베껴서 낸 것, 수학여행 가서 밤에 맥주 마신 것 등 할머니한테 웬만한 건 다 말했는데.

다섯 살 때 할머니를 소울메이트로 정한 이후로 남들이 부모나 조부모에게 하지 않을 이야기까지 늘 다 했다. 할머니는 내게 절대 화내지 않았고 끝까지 잘 듣고는 말해 줘서 고맙다고만 했기 때문에 그렇게 정한 거다. 골목에서 몰래 담배를 피워 보았다고 말했을 때 할머니는 "이왕 담배를 피우려면 쭈그려 앉아서 없어 보이게 피우지 말고, 영화 속 프랑스 여자들처럼 우아하고 당당하게 피워 봐." 하고 조언해 주었다. 할머니가 대체 어떤 영화를 본 건지 알 수 없었지만 대한민국 중학생이 우아하고 당당하게 담배를 피우기란 불가능한 일이므로 우아하고 당당할 수 있을 때까지 기다리기로 마음먹었다.

학교에서 돌아왔을 때 할머니는 집에 없었다. 할머니 휴대 전화만 이 덩그러니 신발장 위에 놓여 있었다. 꼭 챙긴다고 손에 들고 있다가 신발을 신으며 잊어버리고 나간 듯했다. 그때부터 심장이 두근두근 뛰기 시작했다. 아무 데나 놓여 있어도 한 번도 관심 가져 본 적 없는 할머니 휴대 전화였다. 하지만 지금은 그것을 들여다보는 게 천재일우의 기회처럼 느껴진다. 현관문 걸쇠까지 채우고 현관 앞에 쭈그리고 앉아 할머니 휴대 전화를 열었다. 할머니의 모든 비밀번호는 내 생일이다.

선생님

잘 들어가셨어ㅛ?

그럼요 코압인디. 다 델다 주신걸...^^

선생님

애들이 어딜 다녀오냐고 겟ㄱ 무러봐서 혼났네 ㅎㅎ

저녁하고 잇다 전화할께요.

할머니는 누군가와 끊임없이 오타 가득한 메시지를 주고받고 있었다. 감성 가득한 글귀며 꽃과 하늘을 찍은 사진도 한두 장이 아니었다. 통화 목록에 들어가 보니 같은 사람과 하루에도 몇 번씩이나 통화했다. 상대는 '선생님'으로 저장되어 있었다.

사진 앱을 열어 보니 최근 꽃, 식당, 바다, 나무 앞에서 홀로 찍은 독사진이 많았다. 그전 사진들이 주로 할머니가 찍은 음식이나 동물,

식물, 나였다면 어느 날을 기점으로 할머니가 찍힌 사진이 눈에 띄게 늘어났다. 분명 '선생님'이었다. 이토록 열심히 할머니를 찍어 준 건.

할머니는 연애 중이었다. 연애 경험은 일천하지만 어떻게 하는 게 연애인지는 나도 안다. 나는 메모장과 인터넷 검색 기록 등을 살펴보았다. 할머니는 열심히 자잘한 것들을 기록해 두고 있었다. 즐겨찾기도 많고 열려 있는 인터넷 사이트도 많았다. 하나하나 읽을 시간은 없어 대충대충 넘기며 대체 어느 정도의 사이인지 알기 위해 휴대 전화를 샅샅이 뒤졌다.

휴대 전화를 뒤지는 것뿐인데 누군가의 영혼을 해부하는 것 같았다. 할머니가 평소에 하는 생각, 행동, 관심사, 취향 같은 내밀한 것들은 모두 검색 기록으로 남아 있었다. '백종원 겉절이 레시피'와 '중2병' 같은 낱말들이 뒤섞여 있었다. 메모장에는 추천 납골당 리스트가 죽 나열되어 있기도 했다.

사진 앱은 할머니의 눈, 문자 메시지는 할머니의 목소리, 메모장은 할머니의 기억, 인터넷 검색은 할머니의 욕망, 연락처는 할머니의 인간관계 그 자체였다. 들여다보면 볼수록 죄책감이 밀려왔다. 누군가 내 휴대 전화를 이렇게 뒤진다고 생각하니 소름이 끼쳤다. 하지만 나는 알아야 했다. 누구와 어떻게, 왜, 어쩌다 가까워졌는지. 진도는 어디까지 나갔는지. 나는 사실 두려웠는지도 모른다. 긴 시간 나에게만 빠져 있던 한 존재가 다른 곳으로 눈을 돌리려 한다는 사실이.

'삑삑삑삑.'

비밀번호 누르는 소리가 들려 잽싸게 휴대 전화를 신발장 위에 올려 두고 현관문 걸쇠를 연 뒤 신발을 벗는 척했다.

"할머니? 나도 지금 막 들어왔는데……."

"내 정신 좀 봐라. 휴대 전화를 또 두고 갔네. 참 큰일이다, 큰일."

"어디 가는데?"

"친구 만나러 잠깐."

"저녁은?"

"다 해 놨으니까 냉장고에서 꺼내 먹어. 오늘 쪼끔 늦는다. 열 시 전에는 올게."

할머니는 서둘러 휴대 전화를 들고 나가 버렸다. 눈치챘을까? 나의 체온과 땀으로 미지근하고 끈끈해진 휴대 전화의 감촉을. 할머니가 떠난 뒤에도 가슴은 미친 듯이 뛰었다. 도둑질을 한 것도 아닌데 도둑이 된 것 같은 기분이었다.

'선생님'의 정체를 알게 된 건 며칠 뒤였다. 저녁을 먹고 9시쯤 되었을 때 비가 추적추적 내리기 시작했다. 뉴스에서는 봄을 재촉하는 봄비라고 했다. 우리 동네는 꽃이 벌써 다 폈는데. 시큰둥하게 딸기를 씹으며 뉴스를 보는 둥 마는 둥 하는데 휴대 전화를 들여다보고 있던 할머니가 벌떡 일어나서 부엌으로 향했다.

잠시 뒤 지글지글 소리가 나더니 김치전과 해물파전이 뚝딱 완성되었다. 과연 전 부치는 소리는 비 내리는 소리와 비슷했다. 할머니는 다른 음식은 꽝인데 전만큼은 잘 부친다. 국가 부침개 명장으로 지정해야 할 정도다. 쪼르르 부엌으로 가 오징어가 잔뜩 얹혀 있는 해물파전을 찢으려는 순간 할머니의 단호한 손바닥이 내 젓가락을 가로막았다.

"이것 좀 저기 기사 식당 이층집에 갖다주고 와."

"왜?"

"뜨거울 때 얼른 주고 와."

"식당 하는 집에 음식을 왜 갖다줘?"

믿기지 않아 나는 자꾸 물었다. 내 말에는 대답도 안 하고 락앤락 통에 김치전과 해물파전을 가득 담은 할머니는 내 등을 떠밀었다.

"얼른 갔다 와. 네 거 해 놓고 있을게."

이렇게 비가 오는데 이렇게 깜깜한 밤에 부침개 배달을 하라고? 서운하고 어이도 없었지만 몸은 이미 현관을 나서고 있었다. 빗줄기가 세진 않았다. 봄밤의 비가 촉촉이 대지를 적셔 신선한 흙냄새가 공기 중에 떠돌았다. 따뜻한 락앤락 통을 껴안은 채 뜬금없이 몹시 외로워졌다.

진실이 밝혀졌다. 나한테 세모눈을 하고 노래 교실에 대해 따진 그 싸가지의 할아버지와 우리 할머니가 연애 중이다. 그러게 이렇게 작은 마을에 살면 안 된다. 한 다리 건너면 친구거나 친척이고 서로가 서로의 사생활에 빠삭하고 그러다가 손녀딸 동급생 할아버지와 사랑에 빠지고……. 시트콤처럼 너무 작은 세계 아닌가. 요샌 그런 시트콤 인기도 없다.

터덜터덜 식당이 있는 골목길을 향해 걸었다. 불이 환하게 켜진 식당을 보자 발걸음이 점점 느려졌다. 뭐라고 하며 전해야 할지, 할아버지가 없으면 어떡해야 할지, 웬 부침개를 가져왔냐 물으면 어떻게 말해야 할지, 무엇보다 나보고 누구냐고 물으면 어떻게 소개해야 할지 전혀 알 수 없었다. 나는 기사 식당이 건너다보이는 골목길 끝에 서서 한참을 망설였다. 그러다 이런 상황을 만든 할머니에게 화가 나기 시작했다. 둘이 알아서 연애할 것이지 내가 무슨 부침개 전달해 주는 큐피드도 아니고. 아니, 애초에 무슨 노인네들이 연애를 한다고 난리들인지. 연애는 젊을 때나 하는 것 아닌가. 맨날 여기저기 결리고 아프다면서 무슨 기력이 있어서!

점점 화가 나자 망설이고 있는 내가 바보같이 느껴지기 시작했다. 락앤락 통을 바닥에 패대기쳐 버리고 싶었다. 평소처럼 날 먹이려고 부친 전이 아니고 그 할아버지 주려고 부치다가 남은 것을 내게 주겠다는 꼴이다. 너무하다. 늘 내가 1순위였는데 이렇게나 쉽게 밀려나 버리다니.

그때였다. 누군가가 어둠 속에서 내 이름을 불렀다.

"김효리!"

나는 주변을 두리번거렸다. 골목 제일 안쪽에서 휴대 전화 불빛이 보였다. 어둠이 눈에 익기를 기다리며 한참 그쪽을 노려보는데 낯익은 얼굴 하나가 떠올랐다.

"길유진?"

내게 따질 때만 해도 기세등등하던 그 애는 매가리 없이 골목길 반대쪽 막다른 곳에 쭈그리고 있었다. 이쪽 골목은 주택이 몇 채 없어 후미지다. 몇 달 전 몰래 담배를 피워 본 곳도 이 자리였다.

"여긴 왜 왔어?"

"……할머니가 너희 할아버지한테 뭐 좀 갖다주래."

"너희 할머니가 왜?"

길유진은 갑자기 그 자리에서 벌떡 일어났다.

"너네 할머니였어?"

우리는 약간 대결하는 카우보이 같은 자세로 서서 서로를 쳐다봤다. 긴장된 침묵이 흘렀다. 할머니 스캔들 상대의 손녀딸이 총을 잡아 빼듯 말했다.

"하필 너희 할머니야?"

"야, 하필이라니?"

"우리 집 완전 발칵 뒤집혔어. 할아버지 때문에."

집이 발칵 뒤집혔다니 황당했다. 내 마음도 발칵 뒤집혔지만 집이 뒤집힐 건 또 뭐람.

길유진의 이야기는 이러했다.

최근 길상우 할아버지는 연애를 시작했고 인생의 마지막 사랑이 될 거라고 말했단다. 남은 삶은 원하는 대로 살고 싶다고. 그러면서 할아버지는 그동안 기사 식당 일 도와줬던 것을 퇴직금 형태로 정산을 요구했다. 게다가 쭉 같이 살고 있었는데 분가를 한다고 집 살 때 합쳤던 금액도 돌려 달라고도 했다. 유진의 아빠는 절대 안 된다고 반대를 하는 중이라 의견이 좁혀지지 않는다고 했다. 아빠 편을 들다 싸움을 말리다 둘 모두에게 역정을 내다 지쳐 버린 유진은 가출하겠다고 소리를 꽥 지르고 집을 뛰쳐나왔다. 하지만 막상 나오자 갈 곳이 없어 비 오는 날 길바닥에 주저앉아 있는 것이다.

유진 역시 할아버지가 집에서 나가는 것을 반대하고 있었다.

"우리 할아버지 당뇨도 있고 심근경색도 있어서 안정된 환경에서 살아야 해. 지금이 어떤 때인데 그렇게 막 자기가 하고 싶은 대로 한다고 그러나 몰라. 규칙적인 식사, 운동 진짜 중요하고. 지금 무분별한 연애를 할 때가 아니라고. 그런데 무조건 나가서 산다니 참나, 본인이 10대 청소년도 아니고 철부지처럼. 그것도 웬 할머니 때문에."

웬 할머니란 말에 조금 기분이 상했지만 유진의 말이 이해됐다. 유진은 내가 할머니를 좋아하는 것처럼 할아버지를 아주 좋아하는 모양이다.

"너무 심란해."

유진은 다시 바닥에 쪼그리고 앉더니 고개를 파묻고 만화 주인공처럼 힝힝 울기 시작했다. 감정의 파고가 태풍급이었다. 이렇게 금세 화내다가 울다 하는 건 유치원 졸업 이후로 처음 봤다.

"연애는 우리 아빠가 해야 하는 거 아니냐고."

"근데 왜 여기서 이러고 있는 거야? 가서 말을 해. 할아버지 나가지 말라고."

"그걸 안 해 봤겠냐? 할아버지 안 나가면 내가 다음 시험 전교 1등 하겠다고도 했는데 귓등으로도 안 들어."

"너 지금 몇 등인데?"

"200등쯤."

우리 학교 애들이 200명쯤일 텐데. 길유진은 싸가지뿐 아니라 대책도 없는 애였다. 우리는 말없이 바닥에 생긴 물웅덩이를 한참 바라보았다.

"우리 할아버지랑 너희 할머니랑 결혼할 수도 있을까?"

"뭐? 그건 좀……."

"할아버지한테 갑자기 돈과 집이 필요할 이유가 뭐겠어? 우리 할아버지랑 너희 할머니랑 결혼하면 넌 개밥에 도토리 되는 거야."

유진의 말이 너무 앞서가긴 했는데, 또 연애를 하다 보면 결혼이란 게 하고 싶어질 수도 있다는 걸 인정할 수밖에 없다. 지금은 법적 양육자니까 나를 떼어 놓진 않겠지만 고등학교를 졸업하면 상황이 달라진다. 나를 대학에 보내고 할머니는 다 키웠으니 결혼한다고 할지도 모른다.

"그렇게 뺏길 순 없어. 반드시 저지해야 해."

유진이 단호한 목소리로 말했다. 나도 내 오랜 소울메이트를 어디서 굴러먹다 왔는지 모를 할아버지에게 뺏기고 싶진 않다. 하지만 어떻게? 어둠 속에서 신중하게 고개를 갸웃거렸다.

"그런데 뭘 들고 있는 거야?"

"부침개."

"웬 부침개?"

"우리 할머니가 너희 할아버지 갖다 드리라고 한 거."

"헐…… 안 돼. 먹어 치워 버리자."

유진은 락앤락 통을 뺏다시피 가져가 뚜껑을 열었다. 고소하고 기름진 부침개 냄새가 골목을 금세 가득 채웠다. 유진과 나는 맨손으로 부침개를 마구 뜯어 먹었다. 결연한 심정으로.

"맛있다."

부침개를 원시인처럼 뜯어 먹다 길유진은 배시시 웃었다. 얘는 감정의 막이 너무 투명하다. 화가 나면 화를 내고 슬프면 울고 먹으면 행복해한다. 조금 모자라 보이지만 나쁜 애 같지 않았다. 부침개를 마저 먹으며 나는 일단 유진과의 협력을 결심했다.

"그런데 뭐를 어떻게 해야 하지?"

"이제부터 생각해 봐야지. 일단 부침개는 해치웠다."

유진은 배를 채워서인지 훨씬 여유로운 표정으로 씨익 웃었다.

"번호 줘 봐."

유진에게 내 번호를 알려 주자 내게 바로 전화를 걸었다. 나 역시 유진의 번호를 그 자리에서 저장했다. 이게 뭐라고 가슴이 조금 두근거렸다.

학교에서 보자고, 연락하겠다고 인사하고 우리는 헤어졌다. 불 꺼진 식당 뒤로 쏙 들어갈 때까지 유진의 뒷모습을 한참 쳐다봤다. 어제까지만 해도 적대자로 느껴졌던 아이와 연락처를 교환하고 같은 마음으로 이야기하고 부침개도 나눠 먹다니. 인생은 한 치 앞도 알 수가 없다. 집으로 돌아와 보란 듯이 빈 통을 식탁 위에 올려놨다. 할머니는 대체 어디에서 뭘 하다 왔냐고 물었다.

"부침개 먹고 왔어."

"식당 집 갖다주랬는데 왜 그걸 네가 먹고 와?"

"먹고 싶어서."

먹고 싶어서 먹었다는 내 말에 할머니는 할 말을 잃었다.

"할머니."

"왜?"

"연애해?"

할머니는 빈 락앤락 통을 집어 뚜껑을 열고 천천히 싱크대에 집어넣었다.

"너는?"

"나? 나 연애하냐고?"

할머니가 고개를 끄덕였다.

"아니. 안 하는데?"

"해 봐라. 좋더라."

할머니는 유유히 거실을 가로질러 안방으로 들어갔다.

공부하란 소리도 생전 한번 안 하던 할머니가 내게 연애를 하라니. 그게 곧 대입에 매진해야 할 자손에게 할 말인가. 어이없다. 사랑이 다인가. 할머니는 사랑 지상주의자가 되어 버렸다.

길유진에게 메시지를 보냈다.

할머니가 나보고 연애하래. 하면 좋대.

길유진

우리 할아버지 스쿼트 하고 있어. 그러다 무릎 나간다고
아빠가 말리고 애원해도 들은 체도 안 함.

나는 스쿼트를 하고 있는, 목소리는 작지만 코어 근육이 훌륭한 길상우 할아버지를 상상해 보았다. 내장 기관이 간지러워지는 느낌이었다.

안방에서 음악 소리가 났다. 할머니는 유튜브로 사랑 노래를 틀어 놓고 큰 소리로 노래를 따라 불렀다. 나 들으라는 듯이. 머리가 지끈거렸다.

다음 날 학교 가는 길에 길유진을 마주쳤다. 정확하게는 유진이 나를 기다리고 있었다.

"이리 좀 와 봐."

유진은 범인을 긴급 연행하는 형사처럼 내 팔을 조용히 잡아끌었다. 학교 뒤 재활용품 수거장 앞에서 유진은 입을 열었다.

"우리 끝났어. 어젯밤에 아빠가 나한테 말도 안 하고 할아버지한테 분가 비용이랑 퇴직금 다 정산해 줬대."

"왜 갑자기?"

"할아버지가 안 주면 소송한다고 그랬대. 그동안 식당 일이랑 살림해 준 거, 나랑 동생 키워 준 거 다 할아버지 얼마 안 남은 건강과 수명을 갈아 넣은 거였다고. 이제 남은 인생은 자유롭게 살고 싶대. 가족인데 당연한 거 아니야? 나 완전 뒤통수 맞은 기분이야. 아빠는 충격받아서 정신 나갔어."

'가족끼리 당연한 건 없다.'

'내 인생은 내 것이다.'

'누군가의 부모, 조부모이기 전에 나로 살아야 한다.'

이건 우리 할머니가 노래 교실에 오는 사람들에게 입버릇처럼 하는 말이다.

"오늘 할아버지 집 보러 간댔어. 난 이제 할아버지랑 죽을 때까지 말 안 할 거야."

"왜?"

"몰라, 치사해. 이제 큰일 났어. 할아버지 없으면 아빠는 나를 들들 볶을 게 틀림없어. 할아버지가 하던 식당 일, 집안일 분명 다 나한테 시킬 거야."

"그 일들 너한테 시킬까 봐 할아버지가 집 나가는 게 싫었던 거야?"

내 질문에 길유진은 말을 멈추고 갑자기 나를 똑바로 바라봤다.

"너한테 내 감정을 다 설명할 수는 없지만 그런 질문은 별로인 거 같아."

내가 할 말을 잃고 어버버하고 있는데 유진은 한마디를 덧붙였다.

"그리고 너, 상대가 말할 때 다른 데 좀 그만 쳐다봐."

길유진은 학교 안으로 쏙 들어가 버렸다. 어안이 벙벙했다. 내가 말실수를 한 건가. 그렇지만 그 애 말은 내게 그렇게 들렸다. 애초에 '그런' 할머니 밑에서 평생을 자라 온 내 고민과 길유진의 고민은 성격이 달랐던 거다. 나는 유진이 할아버지를 응원할 수밖에 없는, 어쩔 수 없는 우리 할머니 손주였다. 그나저나 자기는 내가 눈을 쳐다보지 않는 데에 어떤 사정이 있는 줄도 모르면서.

누군가를 알게 되면 필연적으로 따라오는 이런 오해와 몰이해를 어떻게 풀어야 하는지 모르겠다. 그런 건 학교에서도 가르쳐 주지 않는다. 길유진이 풀기 어려운 암호처럼 느껴진다. 서로의 처지를 누구보다 이해한다고 믿었는데 그렇지 않았다. 나는 유진과 이야기를 나누기 전보다 두 배쯤 더 외로워졌다.

교실로 들어가자 길유진은 나를 흘긋 보더니 책상 위에 엎드려 버렸다. 그런 모습을 보니 두통이 밀려오며 모든 것이 어긋난 것처럼 두 개로 보이기 시작했다. 스트레스를 받거나 몸과 마음이 힘들 때 가끔 찾아오는 증세였다. 선생님도 두 명, 해도 두 개, 칠판도 두 개, 내 오른손도 두 개, 길유진 등도 두 개. 심지어 내 감정도 두 개로 나뉘었다. 할머니의 연애 따위 될 대로 되라는 마음 하나, 그래도 개밥에 도토리는 싫다는 마음 하나.

문득 초등학교 공개 수업 날 할머니가 학교에 왔던 일이 생각났다. 할머니는 호피 무늬 원피스를 입고 온갖 반짝이는 것들, 귀걸이, 목걸이, 팔찌, 반지 등을 있는 대로 다 달고 교실에 나타났다. 모두 할머니를 쳐다봤고 일부는 수군거렸다. 할머니가 내게 아는 체를 하자 나한테까지 시선이 쏠렸다. 그때 편두통이 생기면서 모든 게 둘로 보였다. 할머니로부터 도망가고 싶은 마음과 할머니의 확실한 존재감에 안도하는 마음. 할머니는 너무나 거기에 있었다. 작은 기억 하나 남기지 못했던 나의 부모님과 다르게 선명하고 고유한 방식으로. 늘 그랬다. 그런 모습으로 내게 손을 들어 올려 마구 흔들어 줬다. 그렇기에 할머니가 있는 풍경은 언제나 뚜렷했다.

"모든 게 두 개로 보일 땐 한쪽 눈을 감고 세상을 바라보면 되지. 네 방식대로."

할머니가 해 준 말이다. 할머니는 내가 유연하게 살기를 바랐다. 나는 정작 해야 할 말도 제대로 하지 못하는 겁쟁이에 불과한데. 하지만 할머니는 걱정하지 말라고, 인생은 아주아주 길고 인간은 살면서 100번쯤 다른 사람이 된다고 했다. 100. 그 아득하고 완전해 보이는 숫자가 좋아서 할머니 말을 그냥 믿기로 했다.

하루 종일 길유진이 신경 쓰였다. 점심도 먹지 않고 엎드려 있는 걸 보니 걱정도 됐다. 망설이다 다가가서 등을 툭툭 쳤다. 유진은 고개를 들어 나를 보더니 다시 고개를 파묻었다. 눈가가 새빨갰다.

"함부로 말한 거 미안. 그렇지만 너도 우리 할머니에 대해 막말한 적 있으니 이거로 퉁치자."

잽싸게 말을 마치고 초코바를 유진의 책상 위에 두고 자리로 돌아왔다. 유진은 책상에 이마를 댄 채로 촉수처럼 천천히 손만 뻗어 초코바를 입으로 가져가 우적우적 씹어 먹었다.

학교를 마치고 나서려는데 유진이 옆에 다가와 우리는 함께 걸었다. 말없이 한참 걷다 갈라지는 골목에서 유진이 먼저 입을 열었다.

"나 초코바 좋아하는 거 어떻게 알았어?"

"먹을 거 그냥 다 좋아하는 거 아니고?"

유진이 내 어깨를 퍽 쳤다.

"……언제 너희 집 한번 가도 돼?"

"우리 집? 왜?"

"왜라니, 너 그런 말, 상대가 들으면 상처야."

오늘 벌써 두 번이나 길유진에게 상처를 주었다. 상처투성이 길유진에게 나는 알았다고 아무 때나 오고 싶을 때 오라고 말했다. 그러자 유진은 지금 가자고 했다.

"우리 할머니 염탐하러 오는 거야?"

"와, 진짜 너는 말을 직설적으로 하는구나."

누가 누구한테 직설적이라고 하는지 모르겠다. 하지만 유진이 그렇게 생각하고 있다는 사실에 나는 놀란다. 나에게도 그런 멋진 성향이 있다니. 소심하고 내성적이지만 말은 직설적으로 하는 나. 어쩌면 100번 중 첫 번째 변화인지도 모른다.

할머니는 길유진의 얼굴을 못 알아보는 듯했다. 할머니 남자 친구의 손주라는 걸 꿈에도 생각 못 하는 눈치다. 방으로 들어와 뭐 배달시켜서 먹을까 묻자 유진은 부침개라고 말했다.

"너 부침개 먹으러 왔구나."

"사실 그런 것 같아."

우리는 식탁에 앉아 할머니가 부쳐 주는 부침개를 나오는 족족 게 눈 감추듯 먹어 치웠다. 배가 어느 정도 차서 먹는 속도가 느려지자 할머니는 두어 장 더 부쳐 놓고 나갈 준비를 했다. 할머니는 유튜브로 사랑 노래를 틀어 놓고 봄날의 꽃처럼 여린 핑크빛 립스틱을 입술에 바르고 뺨에도 발랐다. 고데기로 짧은 머리에 풍성한 웨이브를 주고 새하얀 블라우스에 새빨간 와이드 팬츠를 받쳐 입었다. 마지막으로 진주 목걸이까지 채웠다. 패션이 하나하나 완성되는 것을 바라보며 우리는 눈을 떼지 못했다.

"완전 멋쟁이세요."

유진의 말에 할머니가 오호홍 웃었다. 어딘지 모르게 눈부신 웃음이었다.

"효리가 친구를 집에 데려온 건 처음이야. 천천히 놀다 가."

"할머니, 혹시 언젠가 결혼할 거야?"

뜬금없는 내 말에 할머니는 온몸에 향수를 촤악 뿌리고서 대답했다.

"아니, 연애만 할 거야. 사람은 적당히 거리가 있을 때 제일 아름답지."

유진과 나는 서로의 눈을 의미심장하게 마주 보았다. 유진의 할아버지는 정말 홀로서기를 하려는 것뿐이었나. 연애를 결혼으로 연관 지은 나와 유진이 촌스러워지는 기분이었다.

할머니가 떠나고도 안방에서 노랫소리가 들려 가 보니 두고 간 휴대 전화 화면에 최근 인기몰이 중인 트로트 가수가 열창 중이었다. 노래를 끄려는데 실수로 화면 상단을 건드렸다. 할머니의 유튜브 재생 목록이 주르르 떴다.

트로트 사랑 노래

임영웅 베스트 노래 모음

사랑아

미운 사랑 연속 듣기 5번

사랑을 전하는 트로트 100선

따라온 유진이 고개를 쭉 빼고 휴대 전화 화면을 같이 들여다봤다.

"와, 재생 목록에 '사랑'만 가득해."

"근데 이건 뭐지?"

사랑 노래 사이사이 내 이름이 보였다.

효리 최근 모습

이효리 방송

이효리 프로그램

이효리 제주

"할머니가 이효리 좋아하시나 봐. 너랑 이름이 같아서?"

나는 우리 엄마가 사실 이효리와 무척 닮았다고 말하지 않았다. 언젠가 유진에게 말해 주겠지만 사랑 노래 사이에 껴 있는 저 이름을, 할머니가 무척이나 그리워한다는 사실은 나 혼자만 알고 싶었다.

화면을 끄고 휴대 전화를 신발장 위에 올려 두었다. 할머니가 곧 찾으러 올 것 같았다.

"나, 너희 할머니 좀 좋은 것 같아."

"넌 먹을 것만 주면 태세 전환이 늘 이렇게 빠른 거야?"

"할머니한테 OOTD(오늘의 착장) 받아서 올릴래?"

"딴소리하지 말고."

"우리 금방 인플루언서 될 수 있어."

"내 할머니거든."

헛소리만 하는 유진을 툭 찼더니 유진도 나를 걷어찼다. 나와 유진은 서로를 마구 걷어차며 깔깔 웃었다. 이상한 일이었다. 유진과 나는 각자의 할아버지와 할머니가 사랑하는 사이라는 이유만으로 이렇게 만나 친밀하게 서로의 몸을 툭툭 치고 있다. 잘은 모르겠지만 이런 방식으로 연결되게 만드는 게 사랑인 걸까 싶었다.

이렇게 내 곁에 몸을 맞대고 있는 이 아이가, 같은 공기를 마시고 내쉬는 이 아이가, 내가 풀어야 할 암호가 아닌 새로 만나 볼 작은 세계처럼 느껴졌다. 길유진은 할아버지와 부침개와 초코바 말고도 뭘 좋아하는지, 수업 시간에 멍 때릴 땐 주로 뭘 생각하는지, 자전거를 잘 타는지, 유진의 부모님도 S.E.S. 팬클럽에서 만나 딸 이름이 유진인 건지, 더불어 지금 유진의 할아버지 유튜브 재생 목록엔 무엇이 들어 있는지.

나는 그런 것들이 좀 궁금해지기 시작했다.

2

나와 함께 트와일라잇을

두통은 존재에 미세한 균열을 일으킨다. 처음에는 딱딱, 딱따구리가 관자놀이를 정중하게 노크하듯 두드리는 것으로 시작한다. 그리고 점차 박자와 세기의 일관성을 잃으며 집요하게, 오랜 시간 지속된다. 이 혼란스러운 통증이 반복될수록 나는 내가 금이 가고 있음을 깨닫는다. 내가 움직일 때마다, 걸음을 걸을 때마다 자칫 잘못하면 내 몸과 영혼이 와장창 부서져 버리지는 않을까 두렵다. 그래서 되도록 조용히 숨 쉬고 조용히 움직이고 조용히 말한다.

오랜 시간 원인 모를 두통에 시달렸다. 그리고 거짓말처럼 어느 날 두통은 사라졌다.

하지만 나는 지금도 조용히 숨 쉬고 조용히 움직이고 조용히 말한다. 막연한 불안감을 느끼며. 나는 두통을 통해 삶을 두려워하는 법을 배웠다.

성적표가 나오자 웅성거리던 아이들에게서 소리가 뽑혀 나간 것처럼 교실은 조용해졌다. 내 성적표를 힐긋대는 짝의 눈길을 피해 손바닥으로 가리고 점수를 확인했다. 생각보다 더 많이 하락했다. 성적표를 구기다시피 가방 속에 집어넣다 담임과 눈이 마주쳤다. 담임은 입 모양으로 '잠깐 보자'고 말했다. 동시에 하교를 알리는 종이 울렸다.

"학교에 적응하기가 힘드니?"

고개를 좌우로 흔들자 담임은 내 어깨를 부드럽게 두드리며 말했다.

"성적이 저번 학교에서보다 많이 떨어졌길래. 괜찮아. 기죽지 말고 또 열심히 하면 되지. 선생님은 믿는다."

뭘 믿는다는 건지. 나를? 내 성적이 오를 것을? 성적이 오르지 않아도 굳게 살아갈 나를? 물어보진 못했다. 복도에 아이들이 쏟아져 나오자 담임은 다시 내 어깨를 두드리곤 계단을 내려갔다.

"담임이 뭐래?"

교실로 돌아오자 누군가 물었다.

"공부 열심히 하래."

"성적 많이 안 좋아?"

"완전 망했어."

"엄살 아니야?"

그렇게 말하면서도 왠지 그 애의 얼굴은 기뻐 보였다. 이상하게 아이들은 성적이 떨어진 이야기를 하면서 서로들 기뻐한다. 성적이 올랐다는 말보다 훨씬 동질감을 주는가 보다. 아빠의 걱정스러운 얼굴이 떠오르자 나도 모르게 깊은 한숨을 내쉬었다.

두통이 시작된 건 세 달 정도 되었다. 전학 온 시점과 같았다. 처음엔 타이레놀로 버틸 만했는데 점차 더 심해져 부모님께 말씀드릴 수밖에 없었다. CT촬영에 이어 MRI까지 찍고 저명한 뇌의학과 교수도 만나 봤지만 원인은 찾을 수 없었다.

그냥 그 나이 때, 중고등학생 때 학업이나 교우 관계 스트레스로 두통이 오는 건 매우 흔한 일이라는 말을 들었을 뿐이었다. 그리고 신경정신과로 연계해 준다며 의뢰서를 써 줬다. 아빠는 집에 돌아와 그 종이를 박박 찢어 버렸다. 아빠의 마음이 이해가 가는 한편 저렇게 박박 찢어 버릴 건 또 뭔가 싶었다. 그 후로 두통 치료에 탁월하다는 한의원에 가 침도 맞아 보고 한약도 먹어 보았지만 차도가 없었다.

그 뒤로 할 수 있는 건 그저 두통이 오면 이부프로펜 계열의 진통제와 아세트아미노펜 계열의 진통제를 주의 깊게 교차 복용하며 견디는 일뿐이었다. 아빠는 여차하면 저번 학교로 재전학까지 생각하는 듯했다. 고등학교 배정을 생각해 학군이 좋은 곳으로 전학을 왔지만 두통은 예상 밖의 변수였다.

나는 자괴감에 시달렸다. 하다못해 초등학교 때부터 늘 1등이었고 중학교에 와서도 최상위권의 성적을 유지해 왔다. 엄마는 원래 내 성적이나 등수에 별 관심을 가진 적이 없었지만 아빠는 달랐다. 내 성적표와 상장들을 차곡차곡 모았고 반장이 되면 파티를 열어 줬다. 내 신을 중요하게 생각해 교내외에서 열리는 크고 작은 행사에 빠짐없이 참여하길 원했고, 아무리 작은 대회에 나가더라도 회사를 빠지고 응원하러 왔다. 나는 나를 자랑스러워하는 아빠를 바라보는 게 좋았다. 얘가 내 딸이라고, 공부며 운동이며 못하는 게 없다고 누군가에게 나를 소개할 때면 나도 모르게 얼굴이 빨개졌지만 아빠의 손을 더욱 꼭 붙잡곤 했다.

한 번도 보지 못한 점수를 가방에 담고 무거운 마음으로 교문을 나섰다. 학원도 빠지고 작은 꽃다발을 사서 집으로 향했다. 오늘은 부모님의 결혼기념일이었다. 성적표를 보여 주기에 확실히 좋은 날은 아니었다. 집에 도착하니 샤워도 하지 않은 채 엄마는 소파에 누워 있었다.

"엄마, 나갈 준비 안 해?"

"……가기 싫어."

"그래도 아빠가 신경 써서 예약한 건데, 얼른 일어나."

"결혼기념일이라고 스테이크 먹는 거 너무 웃기지 않니?"

엄마의 말에 대꾸하지 않고 옷방으로 갔다. 아빠가 골라 놓은 옷이 거울에 걸려 있었다. 앞부분에 작은 흰색 리본이 달린 네이비 색 원피스였다. 대한민국 중학생이라면 절대 입지 않을 것 같은 스타일이었지만 군말 않고 몸에 걸쳤다. 아빠는 셋이 나갈 때면 이렇게 내가 입을 옷과 엄마가 입을 옷을 골라 놓는다. 우리가 방문할 장소와 어울리는지, 세 가족이 서로 조화로운지를 염두에 두고 고른다고 했다. 자주도 아니고 가끔이니 나야 별생각 없이 아빠가 골라 준 옷을 입었지만 엄마는 끔찍하게 싫어했다. 몸의 라인이 드러나는 옷도, 하이힐도, 함께 준비된 반짝이는 액세서리도 모두 끔찍하다고 했다. 하지만 결국 엄마는 입고 신고 착용했다. 아빠는 절대 화를 내거나 소리를 지르는 사람이 아니었고 조곤조곤 설득하는 타입이었는데 그 끈질김에 당할 사람은 아무도 없었다. 게다가 그것들은 누가 보기에도 엄마에게 잘 어울렸다. 평소에 입는 낡고 늘어난 티셔츠 쪼가리들보다 훨씬 그랬다. 흰 블라우스와 무릎 아래로 부드럽게 떨어지는 스커트를 입은 엄마를 보자 아빠의 눈은 반달이 되었다. 기분이 좋을 때면 아빠 눈은 금세 반달이 되었고 그건 내가 가장 사랑하는 아빠의 신체 기관이었다. 나는 아빠에게 준비한 꽃다발을 내밀었고 아빠는 다시 그것을 엄마에게 내밀며 말했다.

"꽃에게 꽃 선물."

엄마의 표정이 조금 어두워졌다. 나는 둘의 눈치를 살폈다. 아빠는 그냥 '아름답다'거나 '사랑한다'고 말하면 될 것을 꼭 이상한 표현으로 엄마의 기분을 상하게 한다. '주머니에 넣고 다니고 싶다'거나 '인형처럼 예쁘다'거나. 모두 엄마가 싫어하는 표현들이다. 아빠는 나쁜 사람은 아닌데 어느 면에서 조금 센스가 없다. 문제는 최근에 엄마가 아빠의 그런 점을 더 못 견디어 한다는 것이다. 그리고 아빠는 더더욱, 그런 엄마를 이해하지 못한다.

예약된 레스토랑은 서울 시내가 모두 내려다보일 만큼 높은 곳에 있었다. 약 세 시간에 걸쳐 길고 긴 저녁을 먹었다. 샴페인을 마시며 아빠가 말했다.

"이 샴페인 이름은 뵈브 클리코인데 '뵈브'가 무슨 뜻인 줄 알아? '과부'란 뜻이야. 클리코 여사가 남편이 죽고 나서 와이너리를 혼자 맡았는데 그걸 기리느라 이런 이름을 붙인 거야. 당신은 내가 죽으면 이렇게 씩씩하게 살아갈 수 있겠어?"

"응."

아빠는 농담 식으로 물었는데 엄마는 단호하게 대답했다.

"게다가 당신이 죽지 않더라도 혼자서 씩씩하게 살아갈 수 있어."

이렇게 덧붙인 뒤 엄마는 우아하게 핑크빛 샴페인을 입으로 가져갔다. 레스토랑의 공기가 2도쯤 내려갔다.

"그래. 결혼기념일에 듣기 좋은 말이네."

아빠는 웃으며 말했다. 하지만 나는 안다. 아빠는 화가 나면 저런 식의 화법을 쓴다.

낮은 목소리로 긴 말들이 이어지는 밤들에 대해 알고 있다. 주로 내 방에 누워 듣게 되는데 내용은 전혀 들리지 않고 웅얼거리는 울림만이 벽을 타고 전달된다. 아빠의 억양은 단조로웠지만 엄마의 억양은 높아지다 낮아지다 흔들리다 깨지다 했다. 때론 모든 말들이 뭉개지는 소리와 함께 일정한 박자를 가진 낮은 흐느낌으로 들려왔다. 한번은 무슨 이야기를 하는지 듣기 위해 안방 문 앞까지 간 적이 있다. 엄마는 계속 같은 말을 하며 애원했고 아빠는 여러 말들을 써 가며 설득했다. 문틈에서 새어 나오는 깨진 단어들의 조각이 두려워 방으로 도망치듯 돌아왔다. 긴 말들의 긴 밤들은 최근 심해졌고 자주 되풀이됐지만 나는 모른 척했다.

가끔 아빠가 출장을 가 들어오지 않는 밤이면 엄마는 밤새 거실에서 영화를 봤다. 밤 10시에 잠들고 아침 6시에 일어나는 일은 우리 가족에게 정언 명령과도 같은 일이었기에 아빠의 부재는 엄마의 자유를 뜻했다. 언젠가 한밤중 화장실에 가려다 영화를 보며 펑펑 울고 있는 엄마를 본 적이 있었다. 다음 날 학교에서 돌아와 잠든 엄마 몰래 영화를 재생해 봤다. 영화의 제목은 〈디 아워스〉. 영화 속에서 아이의 엄마는 남편의 생일 케이크를 만들다 말고 아이를 버리고 집을 떠난다. 그리고 긴 시간이 흘러 어른이 된 그 아이는 자신의 생일날 창문 밖으로 몸을 던진다.

내가 어릴 적, 엄마는 지금처럼 자주 울지 않았다. 지금처럼 식물만 그리지도 않았다. 내가 태어났을 때 엄마는 몇 번의 전시 경력이 있는, 막 이름이 알려지기 시작한 화가였다. 하루는 엄마와 거실의 흰 벽 가득 그림을 그린 적도 있었다. 온갖 미술 도구를 다 꺼내 와 하루 종일 그림을 그렸고 마침내 아빠가 올 무렵에 그것을 완성했다. 그날 아빠의 백지장 같던 얼굴을 기억한다. 다만 색채로 가득한 건 벽뿐만이 아니었고 엄마와 나, 바닥과 가구들도 마찬가지였는데 아빠는 그 그림들이 하나도 보이지 않는다는 듯이 행동했다. 나는 그런 아빠가 왠지 웃겨 한참을 깔깔 웃었다. 다음 날 벽은 다시 새하얀 페인트로 칠해졌고 바닥과 가구 역시 흔적 없이 말끔해져 있었다. 그리고 나는 깔깔 웃은 전날의 내 행동을 오래 부끄러워했다.

2교시쯤 시작된 두통은 타이레놀 두 알을 먹어도 점심시간까지 사라지지 않았다. 급식을 건너뛰고 엎드려 있는데 누군가 책상을 툭 툭 쳤다. 고개를 들어 보니 얼굴은 낯익은, 그러나 이름은 도무지 기억나지 않는 애가 날 내려다보고 있었다.

"많이 아픈가 해서."

"괜찮아."

"보건실에 데려다줄게. 애들이 교실에서 책상 밀고 춤 연습 한대."

한 번도 말한 적 없는 애가 나를 염려하는 것은 참 이상한 경험이었다. 차마 거절할 수 없어 자리에서 일어났다.

"두통이 심하다면서."

"그게 소문까지 났어?"

"요새 많이 안 좋아 보이긴 해."

학교 축제를 앞두고 이런저런 연습으로 소란한 복도를 지나며, 나는 그 애의 이름을 기억해 내기 위해 필사적으로 애썼다. 지우개로 그 애의 이름을 싹 지워 버리기라도 한 것처럼 단 한 글자도 떠오르지 않았다.

"이영이."

"뭐?"

"내 이름. 이영이라고."

내 마음을 읽기라도 한 걸까. 그 애가 자신의 이름을 말했다.

"이제 우리 반에서 내 이름 아는 사람, 한 명 생겼다."

뭐라 답해야 할지 몰라 애매하게 웃었는데 머리가 지끈 울렸다. 나도 모르게 머리를 감싸 안고 자리에 주저앉았다.

"많이 아프구나."

영이가 옆에 쪼그리고 앉으며 내 손을 머리에서 천천히 떼어 냈다.

"여기야?"

서늘한 손가락이 관자놀이에 닿았다. 영이는 손가락 두 개로 둥글게 원을 만들며 내 관자놀이를 부드럽게 마사지했다. 거짓말처럼 욱신거리는 통증이 서서히 멀어졌다.

그 뒤 보건실에 가서 누운 나는 오후 수업이 끝날 때까지 까무룩 잠이 들었다. 꿈도 통증도 없는 깊은 잠이었다. 일어나니 믿을 수 없을 만큼 몸이 가벼워 무엇이든 할 수 있을 것 같은 기분이었다. 오랜만에 학원에서도 독서실에서도 100퍼센트 집중력을 발휘할 수 있었다.

'영이 손이 약손이었어.'

어제까지 존재도 이름도 모르던 애였지만 정말 고마운 마음이 들었다. 다음 날 답례로 초콜릿을 챙겨 갔다. 하지만 영이는 교실에 없었다.

"이영이 안 왔어?"

"이영이? 그게 누군데?"

짝에게 물었지만 전혀 알지 못했다. 혹시 몰라 교탁 위 출석부를 확인했다. 분명히 이영이가 있었다. 사진 속 얼굴이 더더욱 낯설어 보이긴 했지만. 이렇게 작은 공간에서 많은 날들을 함께 지내면서도 서로가 서로를 전혀 모를 수 있다는 게 새삼 낯설었다.

며칠 후 또다시 안방에서 흘러나오는 길고 낮은 목소리들에 밤새 한숨도 못 자고 학교에 갔다. 오전부터 체육 수업이 있었고, 매번 체육 시간마다 교무실로 찾아가 두통을 이유로 수업에 빠질 허락을 받는 행위도 지긋지긋하게 느껴졌다. 일단 운동장에 나가 대충 하는 시늉을 하다가 체육 선생님이 안 보는 사이 대열에서 빠져나왔다. 교실까지 가다간 걸릴 것 같아 가까운 체육 창고로 들어갔다.

뜀틀이니 발판이니 하는 것들이 충분히 햇볕을 받아 따뜻한 온도를 품고 있었다. 구석으로 들어가려다 소스라치게 놀랐다. 쌓아 놓은 매트 위에 영이가 아무렇게나 누워 있었다.

"너 왜 여기 있어?"

나의 물음에 영이는 놀라지도 않고 대답도 없이 천천히 눈을 떴다.

"두통?"

"아니, 잠을 못 자서……."

"잘 찾아왔네. 여기 진짜 잠 잘 와."

나는 또 다른 매트 무더기로 가 자리를 잡았다. 아득하게 먼지 냄새와 가을볕 냄새가 났다. 시간이 멈춘 것처럼 창고 안은 고요했다.

"여긴 다른 세계 같네."

내 말에 영이가 다른 세계 맞지, 라고 작게 중얼거렸다. 나는 다시 잠들며, 왜 얘를 만나면 항상 이렇게 잠드는 것일까 생각했다. 그래 봤자 두 번의 만남이었지만 다음은 어떨지, 벌써 다음에 대해 생각하며 잠 속으로 빠져들었다.

그날 이후 체육 시간마다 나는 체육 창고로 갔다. 나중에는 교실 간 이동 수업이 있을 때도 체육 창고로 갔다. 곧 있을 축제로 학교는 온통 들떠 있었고 선생님들마저도 산만해 보였다. 2학기 중간고사 직후여서 그런지 수업마다 출결 체크도 엄격하지 않았다. 누군가 나의 부재를 알게 되더라도 또 두통으로 조퇴를 했거나 보건실에 갔거니 했을 것이다. 나는 점점 대담해져 아무 때고 체육 창고로 갔다. 나의 두통은 희한하게도 영이와 있으면 나아졌다. 영이는 그곳에 있을 때도, 없을 때도 있었다. 고작 낮잠을 자거나 짧은 대화를 나누었을 뿐인데, 그 애와 아주 가까워진 기분이 들었다. 하지만 영이가 어디에 사는지, 전화번호는 뭔지, 왜 교실에선 보기 힘든지 아무것도 묻지 않았다. 체육 창고에서만은 다른 시공간에 있는 것처럼 그 애를 대했다. 적어도 그 애는 학교생활의 연장선에 존재하지 않았다.

엄마는 점점 더 집을 식물들로 채웠다. 안 그래도 수많은 화분들로 어지러운 엄마의 작업실은 열대 식물을 기르느라 온도와 습도까지 높아져 온실화되었다. 엄마를 제외하고는 아무도 그곳에 들어가지 않았다. 묘하게, 무언가 썩고 있는 냄새가 났다. 아빠마저도 부쩍 예민해진 엄마를 자극하지 않으려는지 아무 말도 하지 않았다. 엄마가 작업실에서 머무는 시간은 점점 길어졌다. 그리고 갑자기 엄마는 이제 고기를 먹을 수 없다고 말했다.

추석에는 전을, 설에는 소고기가 듬뿍 들어간 떡국을, 생일에는 불고기와 잡채를, 결혼기념일에는 스테이크를 먹어야 하는 게 아빠가 생각하는 가정의 완전성이었다면, 엄마의 한마디로 그것은 와장창 파괴되어 버렸다. 엄마는 까탈스러운 작은 초식 동물처럼 굴기 시작했고 고기를 보면 구역질을 했다. 엄마의 끼니는 곧 샐러드로만 채워졌다. 그러자 아빠는 가족과 함께하는 저녁 식사 자체를 피해 버렸다. 어둠이 내리면 집에는 긴 침묵이 찾아왔고 텅 빈 부엌엔 홀로 앉은 엄마가 내는 풀 씹는 소리만 가득했다. 엄마는 누군가에게 보란듯이 아주 오래오래 그것들을 씹어 삼켰다. 그럴 때 엄마의 눈동자는 가장 높은 와트의 형광등을 켠 것처럼 이상하게 빛났다. 그런 눈동자를 본 기억이 있다. 로드킬을 당한 고라니의 눈동자였다. 나도 더 이상은 엄마와 함께 식사할 수 없었다.

영이가 내게 그 이상한 고백을 한 날은 비가 왔다. 체육 수업 대신 교실에서 배구 경기 영상을 틀어 줬고 아이들은 제각기 딴짓을 했다. 조용히 교실을 빠져나왔다. 영이는 체육 창고 안 작은 창문 앞에 서서 비가 내리는 걸 바라보고 있었다. 안개처럼 옅고 뿌연 비였다.

"어딘가 거대한 가습기를 틀어 놓은 것 같네."

"넌 내가 누군지 알아?"

갑작스러운 질문에 나는 당황했다. 그런 질문은 독서 기록장 같은 데 몰래 쓰는 거 아닌가.

"누군데?"

"난…… 뱀파이어야."

영이는 곧바로 킬킬 웃었다. 그 애의 의도는 모르겠지만 난 별로 웃기지 않았다.

"믿지는 않겠지만."

"근데 왜 말하는 거야?"

"비도 오고 해서."

그럴듯했다. 우리는 날씨 하나에도 충분히 감정 널뛰기를 할 수 있는 열다섯 살 소녀들이니까. 그래도 뱀파이어라니 좀 심했다. 염력이라거나 사이코메트리라면 좀 납득할 수 있었을지도 모르는데.

"지금쯤 낮의 태양에 불타서 사라져야 하는 거 아니야?"

"인간계만 발전한 게 아니야. 뱀파이어계도 발전하고 있어."

영이는 뱀파이어도 백신을 통해 햇볕에 대한 방어력을 키울 수 있다고 말했다.

"여전히 인간의 피도 먹어?"

영이는 잠시 망설이다 일종의 로켓배송 같은 방식으로 집에서 편히 받아 볼 수 있다고 했다. 혈액이 든 박스가 가득한 택배 트럭을 상상하니 조금 아찔해졌다.

"그런데 왜 중학생 같은 걸 하고 있는 거야?"

"……뱀파이어가 된 지 얼마 안 됐거든. 혼자선 심심하기도 하고."

심심한 뱀파이어인 영이는 뱀파이어 종족이 파편화되어 대부분 홀로 살아간다고 덧붙였다. 시간은 좀처럼 흐르지 않고 아무런 할 일도 없어 이 무한한 시간을 어떻게 사용해야 좋을지 아직도 모르겠다며.

"너 〈트와일라잇〉 봤어?"

내가 묻자 영이는 고개를 끄덕였다.

"거기 보면 뱀파이어들이 무지 아름답고 능력도 엄청나던데……."

"나도 있어, 능력."

"어떤 건데?"

영이가 손을 뻗어 내 정수리에 얹었다. 약을 먹은 후에도 둔탁하게 남아 있던 두통이 서서히 잦아들었다.

"설마 치유력?"

"타인의 고통, 슬픔, 아픔, 절망 같은 것들을 뽑아낼 수 있어. 그런 다음 내 에너지로 전환시키지."

말문이 막혀 영이를 따라 영이의 정수리에 내 손을 얹어 보았다. 얘가 이렇게 엉뚱해서 친구가 없구나 싶었다.

"나한테 에너지를 뽑아 먹기 위해 접근했다 이거지."

"고통을 가진 인간만이 나를 발견할 수 있지."

우리는 서로의 머리에 손을 올린 채 한동안 가만히 있었다.

"네가 정말 뱀파이어라면, 증명을 해 봐."

"싫어."

"왜?"

"내가 왜, 내가 누군지 증명해야 돼?"

그때 쉬는 시간을 알리는 종이 울렸다. 영이와 나는 손을 내리고 조금 어색해진 상태로 서로에게서 떨어졌다. 다음 시간은 담임의 과목이라 돌아가야 했다.

"어항 속 물고기에게 초록 들판에 대해 말해 준다 한들."

혼잣말인지 내게 하는 말인지 알 수 없는 영이의 중얼거림을 뒤로 한 채 나는 체육 창고를 빠져나왔다. 나는 뱀파이어가 아니어서 담임의 수업 시간에 내 존재를 증명해야만 했다.

그날 이후로 우리는 많은 이야기를 나눴다. 주로 영혼과 죽음에 대한 이야기였다. 영이는 죽음과 관련된 모든 것을 좋아했다. 장례식, 무덤, 관, 묘비명, 영혼의 세계…….

"오직 죽음으로 인해 생의 모든 순간이 의미를 가지는 거야."

영이는 세 번의 자살 시도를 해 봤다고 했다. 하지만 뱀파이어이기 때문에 모두 실패했다. 기쁨도 슬픔도 고통도 절망도 아픔도, 이제는 죽음과 닿을 수 없는 자신의 영생에선 아무런 가치도 없다고 말했다.

"죽기 위해 엄청 노력했었어. 하지만 매번 실패했고 그러고 나서야 비로소 내가 어떤 존재인지 받아들일 수 있었어. 나는 이 삶을 견뎌야 해."

가을이 깊어지며 짧아지는 해로 인해 길어진 황혼을 함께 바라보며, 그런 말들을 내뱉는 영이의 옆모습은 조금 쓸쓸해 보였다. 그 애가 뱀파이어든 아니든 눈을 돌리면 연기처럼 사라져 버릴 것만 같은 위태로운 존재감이 느껴졌다. 나는 그게 두려워 영이의 손이나 옷자락 같은 것을 내내 쥐고 있었다. 인간의 시간도 좀처럼 흐르지 않는 그런 계절이었다.

점심 먹은 것이 체한 데다 두통이 점점 심해져 조퇴를 하고 나왔다. 아무래도 병원에 가야 할 것 같았다. 학교에서 돌아오니 나나 이모의 신발이 놓여 있었다. 엄마의 오랜 친구로 어릴 적부터 본 사이였지만 최근 몇 년간은 뜸했는데 웬일인가 싶었다. 집은 절간같이 고요했다.

엄마의 작업실 문을 열자 덥고 습한 기운이 얼굴에 훅 끼쳤다. 엄마의 식물들은 아무렇게나 마구 웃자라 있었고 어딘지 모르게 조금씩 지쳐 있는 것처럼 보였다. 유화 물감 냄새와 늪지 냄새 같은 것들이 엄마의 체취와 뒤섞여 있었다. 그리고 열대의 꽃향기까지. 붉고 노랗고 흰 꽃들이 여기저기서 달큼하고 강렬한 향을 내뿜고 있었는데 바깥의 회색 하늘과 대비되어 비현실적으로 느껴졌다.

몇 발자국 더 안으로 들어가자 작업실 베란다에 엄마와 나나 이모의 모습이 보였다. 엄마를 부르려는 순간, 반투명한 우윳빛 커튼 너머로 둘의 상체가 포개졌다. 나는 가만히 서서 둘의 모습을 바라봤다. 꽃향기가 독처럼 온몸에 퍼졌다.

집을 나온 나는 갈 곳이 없었다. 두통이나 체기보다 더 강렬한 감정에 사로잡혀 그것을 어찌해야 할지 알 수 없었다. 몸속에 불을 붙인 것처럼 뜨겁고 매캐했다. 놀이터를 서성이다 집 근처 공원으로 갔다. 가만히 앉아 있을 수 없어 계속 걸었다. 해가 지며 공기가 차가워졌지만 추위를 느낄 수 없었다. 온몸이 넘실대는 열로 불타고 있었다. 그때였다. 아빠에게서 전화가 온 건.

아빠와 엄마는 대학 시절 교내 커플이었다. 서로가 서로에게 첫 연인이었다. 아빠는 졸업반이었고 엄마는 새내기였다. 아빠는 자주, 자신이 어떻게 엄마를 쟁취했는지 이야기하곤 했다. 그럴 때마다 엄마는 한 마디도 보태지 않으면서 애매한 미소를 띤 채 아빠의 말을 들었다. 아빠의 기억 속에서 엄마는 아름답고 순수하면서 신비로운 알 수 없는 제3의 종족 같은 모습이었다. 엄마의 기억 속 아빠는 어떤 모습인지 들어 본 적 없다. 언제나 회상을 즐기는 건 아빠였으니까. 그리고 이야기의 결론은 항상 나로 끝났다. 아빠와 엄마 사이 사랑의 결실이자 소중하고 사랑스러운, 그들의 자식인 나.

밤이 되었고 나는 집으로 돌아갔다. 나나 이모의 신발은 사라져 있었고 아무도 없었다. 텅 빈 집에 앉아 누군가 오기를 기다렸다. 나는 아빠가 돌아오는 대로 아까 통화한 내용에 대해 어떻게 생각하는지 듣기를 원했다. 우리는 함께 이 문제를 풀어 나가야 했다. 하지만 아빠는 아주 늦은 시간에 돌아왔다. 술독에 빠진 것처럼 지독한 냄새를 풍기며. 아빠는 소파에 앉아 있는 나를 보고 아무 말도 하지 않았다. 씻고 옷을 갈아입고 물을 가지러 나왔을 때까지도 가만히 앉아 있는 나를 보고 그제야 아빠는 입을 열었다.

"엄마가 며칠 집을 비울 거다."

"……갑자기?"

"런던에 친구 전시회가 있어서 갑자기 가게 됐대."

너무나 비일상적인 일이었지만 아빠의 목소리와 억양은 평소와 같았다. 아까 공원에서 아빠에게 낮에 내가 본 것을 이야기할 때도 마찬가지였다. 횡설수설하는 나의 말이 끝나자 아빠는 짧게 '알았다'

고 했다. 전화 통화를 하는 내내 뺨으로 흐르던 눈물이 어색할 지경이었다. 정말 알았다는 것일까. 아빠의 알았다는 무슨 의미일까. 엄마가 사라진 건 그 '알았다'와 어떤 연관이 있는 것일까.

아빠에게 묻고 싶은 말이 너무 많았지만 물을 수 없었다. 이 짧은 대화를 하는 것만으로도 아빠는 긴 달리기를 하고 난 사람처럼 지쳐 보였다.

그리고 불면의 밤들이 지속됐다. 엄마가 없는 집은 텅 비어 버린 거대한 냉장고처럼 어둡고 춥고 공허했다. 그럼에도 학교에 나간 건 담임이 집으로 연락해 부모 상담이라도 요청할까 봐 두려워서였다. 내 삶은 전례 없이 허물어지고 있었지만 누구에게도 알려져선 안 됐다. 나는 꾸역꾸역 학교에 나갔다. 진통제를 먹어 가며 들어야 할 수업을 들었고 소화제를 먹어 가며 급식을 먹었다. 아빠는 마치 뇌관이라도 되는 것처럼 나를 피했다. 아빠의 퇴근 시간은 한없이 늦어졌다. 엄마 작업실에 있는 식물들 또한 서서히 죽어 갔다. 긴 시간 공들여 키웠음에도 죽어 버리는 건 한순간이었다.

선잠에서 깨어났을 때 아빠가 침대 옆에 서 있었다. 거실의 빛을 등지고 있어 아빠는 그림자처럼 보였다. 나는 자리에서 일어나 앉아 아빠를 올려다봤다. 아빠의 고통과 슬픔이 밤의 밀도보다 더 무겁게 가라앉아 넘실대고 있었다. 두 팔을 뻗어 안아야 하나, 아빠의 손을 잡고 함께 울어야 할까. 남겨진 두 사람은 어떻게 서로를 위로할 수 있을까. 고민하다 마침내 아빠의 왼손을 잡았다. 그런데 아빠의 손은 곧바로 내 손을 빠져나갔다. 다시 또 잡으려 해도 잡히지가 않았다. 곧이어 낮은 목소리가 동굴을 건너온 것처럼 서늘하게 귀에 울렸다.

"너는 엄마와 꼭 닮았어. 어쩌면 그 여자 혼자 낳은 자식일지도 모르지."

엄마를 '여자'로 지칭하는 낯설음에 나도 모르게 몸이 떨려 왔다.

"이제 여기에…… 가족은 없어."

아빠가 방을 떠나고도 내가 꿈을 꾼 건지 실제로 일어난 일인지 분간할 수 없었다. 밤은 깊어 갔고 좀처럼 아침이 오지 않았다.

7시가 되자마자 교복을 입고 학교로 향했다. 집이 더 이상 집처럼 느껴지지 않았다. 내가 머물 수 있는 장소가 이 지구상에 존재하기는 할까. 가방을 교실에 던져두고 체육 창고로 향했다. 몸을 숨길 곳이 필요했다. 몸을 아주 작게 접어 구석 어딘가에 밀어 넣고 오랜 시간 잊히고 싶었다.

울고 있는 나를 발견한 건 영이었다. 눈물과 콧물이 온통 뒤범벅인 채로 엉망인 얼굴을 하고 사실은 누구라도 와 주길 간절히 기다렸다. 정말로 혼자가 되어 버렸기에 혼자이고 싶지 않았다. 영이는 말없이 내 정수리에 손을 얹었다. 한참을 울었고 얼마 후 문밖에서 소란스러운 소리가 들리기 시작했다. 음악 소리, 마이크에서 울려 퍼

지는 커다란 목소리, 구령 소리, 웃음소리. 오늘은 학교 축제날이었다. 숨어들 장소마저 완전히 잘못 찾았다. 하지만 이런 얼굴을 하고는 어디에도 끼어들 수 없었다.

눈물은 멈췄지만 작은 창고 안은 바깥에서 들려오는 소란으로 가득 찼다. 우리는 평소보다 더 가까이 앉아 평소보다 더 큰 목소리로 말해야 했다. 나는 영이에게 충동적으로 내게 일어난 일을 전부 말해 버렸다. 아빠와 엄마의 관계, 더 이상 함께하지 않는 저녁 식사, 엄마와 나나 이모, 갑작스러운 런던행……. 이야기 중간중간 크게 튼 댄스 음악, 호루라기 소리, 박수와 환호 소리가 끼어들었지만 영이는 아무 소리도 들리지 않는다는 듯 내 말에 집중했다. 이야기가 끝나고도 영이는 한 마디도 하지 않고 가만히 바닥만 바라보고 있었다. 어쩐지 울 것 같은 얼굴로.

그때 모르는 번호로 전화가 걸려 왔다. 며칠 전부터 여러 번 왔는데 받지 않은 번호였다. 그게 누군지 알고 있으니까. 하지만 언젠가는 받아야 할 전화였다. 나는 망설이다 통화 버튼을 눌렀다.

"미안해, 엄마가 미안해."

엄마는 내게 미안하다고 몇 번이고 사과를 했다. 그렇지만 엄마는 아빠와 헤어질 거라고, 엄마가 있는 곳으로 오라고 말했다. 일이 이런 식으로 되어 버렸지만 후회하지 않는다고도 했다.

"그곳이 아닌 다른 곳이 너에게도 좋을 거야."

그곳. 며칠 전까지 '우리 집'이었던 장소를 '그곳'이라고 말하는 것을 듣자 더 견딜 수 없는 기분이 되었다. 나는 전화를 끊어 버렸다. 끊고 나자 바로 전화가 왔다. 받지 않자 잠시 후 또다시 전화가 왔다. 나는 휴대 전화 전원을 꺼 버렸다.

꺼진 휴대 전화를 바라보며 당장 전화번호를 바꿔야겠다고 생각하고 있는데 문득 영이의 시선이 느껴졌다. 동굴처럼 어둡고 고요한 눈빛이었다. 고통스러워 보이는 동시에 모든 것에 무감해 보이는 알 수 없는 눈빛이었다.

언젠가 영이는 말했다. 뱀파이어들은 부모와 자식 같은 가족 관계 없이 모두 혼자라고. 지금 내가 느끼는 감정들 또한 인간이기에 느낄 수 있는 거라고. 가능하다면 모든 것을 백지로 돌리고 싶었다. 누구와도 연관되지 않고 어떤 동요도 없이 살아갈 수 있다면 영혼이라도 팔 수 있을 것 같았다. 영생의 고독도 견딜 수 있을 것 같았다. 지금의 감정들만 씻어 낼 수 있다면. 내가 내가 아닐 수 있다면.

"너처럼 뱀파이어가 될 수 있다면 좋겠어."

나도 모르게 중얼거렸다. 엄마의 전화를 받은 직후부터 다시 흐르던 눈물은 멈추지 않고 교복과 얼굴을 적셨다.

"그건 어렵지 않아."

"어렵지 않다고?"

"하지만 돌이킬 순 없어."

영이는 진지하게 대답했다. 나는 돌이킬 수 없어도 괜찮다고 했다.

"나를 원망하지 않을 수 있겠어?"

나는 고개를 끄덕였다.

"어떻게 하려고 그래?"

영이는 자신의 두 손바닥으로 내 눈물을 닦은 후 내 어깨를 잡고 나를 똑바로 바라봤다.

"이제부터 넌 아무것도 느낄 수 없어. 너에게 의미 있는 건 너 자신뿐이야. 부모도 친구도 그 누구도 너를 상처 입히지 못해. 너는 특별한 영혼과 심장을 가지게 될 거야."

말이 끝나자마자 영이의 입술이 내 입술에 닿았다. 곧이어 강하고 짧은 통증이 느껴지며 영이가 깨문 내 입술에서 피가 흘렀다. 영이는 나의 피를 마셨다.

그리고 동시에 체육 창고의 문이 활짝 열렸다.

갑자기 왜 영이 생각이 난 걸까. 창밖으로 방콕 시내를 내려다보며 동시에 반사되어 겹쳐진 내 얼굴을 바라봤다. 20분 후면 비행기는 태국 수완나품 공항에 도착한다. 확실히 그때 영이의 송곳니는 매우 뾰족했다. 아주 오랫동안 그 이후의 일들을 떠올리지 않았다. 정확히는 떠올릴 수 없었다. 해일이 덮친 것처럼 너무 많은 일들이 한꺼번에 밀어닥쳤고 모든 것이 뒤죽박죽되어 있었다.

영이와 나는 정학 처분을 받았고 이를 계기로 나는 학교를 오래 쉬었다. 엄마는 완전히 집을 떠났고 내게 여러 방법으로 몇 번이나 연락해 왔지만 나는 받지 않았다. 아빠는 자주 긴 출장을 떠나는 것으로 집에 있는 시간을 최소화했고 나는 홀로 남겨졌다. 하지만 영이의 예언대로 아무것도 느낄 수 없었다. 내 감정들은 코끼리 가죽이라도 뒤집어쓴 것처럼 무감했고 당시 사건들은 유리벽 너머의 일처럼 내게 영향을 미치지 않았다. 그게 무엇이었건 그것이 당시의 나를 보호했다.

그날 이후 영이를 본 적은 없었다. 소식도 듣지 못했다. 시간이 지나 내가 학교로 돌아갔을 때 찾아보려고 했지만 영이는 이미 졸업한 후였고 나는 그 애의 주소도 연락처도 알지 못했다. 하지만 이 세계에서 서로를 알아보는 유일한 두 명의 뱀파이어로서 영이의 존재는 내게 오랜 기간 위안이 됐다. 죽지도 상처받지도 절망하지도 않으며, 어디선가 살아 있을 영이의 존재를, 나는 믿는다.

화장실에서 겨울옷을 여름옷으로 갈아입고 공항 밖으로 빠져나왔다. 비와 안개로 가득한 2월의 런던에서 몇 시간만 날아왔을 뿐인데 습하고 무더운 여름 바람이 뺨을 스쳤다. 그리고 거리에 아무렇게나 피어난 꽃과 풀들. 태국의 거리는 몇 년 전 엄마의 실내 정원을 떠오르게 했다. 무력하게 울던 열다섯 살의 나와 함께 긴 시간 갇혀 있던 기억이었다. 100년도 더 된 일처럼 여겨지는데 고작 4년밖에 흐르지 않았다. 그 생각을 하자 정말 뱀파이어가 된 듯한 기분이 들었다.

저물어 가는 태양을 바라보며 커다란 캐리어를 끌고 걸음을 재촉

했다. 열대 지방답게 피처럼 붉고 선명한 일몰이었다. 어디선가 영이도 엄마도 아빠도 이 일몰을 보고 있을 것 같다. 이제는 누구를 만나든 어떤 말이든 들어 줄 준비가 되어 있다. 우리가 우리였던 시간은 끝이 있었기에 완벽할 수 있었다는 걸 긴 터널을 통과하며 이제서야 간신히 깨달았다. 우리가 더 함께였다면 분명 돌이킬 수 없을 정도로 서로를 파괴했을 것이다. 가장 가까워서 가장 쉽게.

그 시간 이후 나는 홀로 어른이 되었고 그렇기에 그 누구보다 단단한 어른이 되었다. 그 무엇도 그 누구도 이제 나를 함부로 훼손시킬 수 없다. 특별한 영혼과 심장. 그것이 영이가 내게 건 저주이자 축복이었다.

횡단보도 신호를 기다리며 휴대 전화를 켜자마자 벨이 울렸다.

"솔이니? 3번 주차장으로 오면 돼."

"나를 알아볼 수 있겠어?"

나의 물음에 망설임 없이 엄마가 대답했다.

"눈을 감고도 찾을 수 있어."

초록불이 켜졌고 나는 더욱더 빠른 속도로 여름의 한가운데로 걸어 나갔다.

3
에버 어게인

“김진영 님 되십니까?”

진영은 그렇다고 했다.

“예약 확인차 전화드렸습니다. 내일 오전 10시 10분 전까지 리셉션으로 오시면 됩니다. 차 가져오시나요?”

“아뇨, 차는 없어요.”

휴대 전화 너머의 여자는 내일 뵙겠다고 인사하고 전화를 끊었다. 정중하고 차분한 목소리였지만 어린 여자인 것 같다고 진영은 생각했다. 담당자가 아닌 직원이 전화를 건 것이 마음에 걸렸다. 이토록 중요한 일에 경험치가 별로 없어 보이는, 어린 직원이 확인 전화를 하다니. 이제껏 만난 센터 소속의 의사, 작가, 담당 코디네이터는 모두 유능하고 프로페셔널해 보였다. 수많은 후기를 남김없이 읽고 모든 정보력을 동원해 심사숙고한 뒤 결정한 곳이었다. 자신의 선택에 확신을 갖고 있었는데 이 전화 한 통으로 진영은 갑자기 모든 게 불안하게 느껴진다.

"언니, 표정이 왜 그래?"

현영이 마시던 커피에서 입을 떼고 진영에게 물었다. 아까부터 정신 나간 사람처럼 한 박자씩 대답이 늦던 진영이 통화 뒤 더욱 표정이 흐려졌다.

"예약한 데야?"

진영은 고개를 천천히 끄덕였다. 답답해진 현영은 진영의 코 앞에 손을 가져다 흔들었다. 진영이 화들짝 놀라며 그제야 현영의 얼굴을 똑바로 바라봤다. 무슨 일이 있느냐고 현영이 물었다.

"무슨 일은 없는데 갑자기 내일이 걱정돼. 나 잘할 수 있을까?"

"또 그 얘기야?"

백번쯤은 들은 것 같은 문장이라고 말하려다 현영은 그만뒀다. 언니의 고민과 걱정을 모르는 게 아니다. 결정하는 데만 몇 년이 걸렸고 결정 뒤에도 밀린 예약으로 반년이 지나 날짜가 잡혔더랬다. 예약 이후에도 진영은 잘할 수 있을까, 라는 말을 습관처럼 했다. 그날이 드디어 내일로 닥쳐온 것이다.

"정말 음식을 해 갈 거야?"

진영은 현영이 자꾸 같은 질문을 하는 게 마음에 들지 않았다. 음식 사진을 전송해 재구성하는 게 일반적이지만 진영처럼 진짜 음식을 가져오고 싶어 하는 사람들도 가끔 있다고 했다. 그 센터로 결정한 것도 고객의 요구 사항을 100퍼센트 가까이 맞춰 준다는 점 때문이었다.

"암튼 우현이 만나면 내 얘기도 꼭 해 줘. 이모가 많이 보고 싶다고. 우현이가 종이접기로 만들어 준 것들, 하나도 안 버리고 가지고 있다고."

진영이 대답을 하지 않자 현영은 화제를 돌렸다. 종이접기 이야기를 하자 진영의 입가에 희미하게 미소가 떠올랐다. 우현은 종이접기를 정말 잘했다. 보통 초등학교를 졸업하면 그치게 되는 취미인데 우현은 고등학생이 되어서도 유튜브를 보고 종이접기를 했다. 큰 덩치와 어울리지 않게 섬세하고 깔끔한 솜씨로 온갖 종류의 꽃, 바구니, 곤충, 동물을 접었다. 우현은 조용하고 내성적인 아이였다. 공부에는 별로 흥미가 없었지만 집안일을 잘 돕고 손끝이 야무졌다. 고등학교를 특성화고 금형과로 가겠다고 했을 때 진영은 며칠을 말렸지만 손으로 뭔가 만드는 일을 직업으로 하고 싶다는 말에 반대를 접었다. 도제 수업을 나가게 되면 주 2~3일은 일을 배우며 시급을 받을 수 있고 군대도 산업체를 지망할 수 있다는 말에 혹하기까지 했다. 실제로 우현은 도제 수업이 있는 학기에 한 달에 80만 원 정도씩을 진영에게 건넸다. 모아서 큰돈 들어갈 때 줘야겠다고 생각했지만 늘 돈 쓸 데가 생겼고 나중에는 그냥 자연스럽게 생활비의 일부가 되었다. 짧게 살다 가려고 그렇게 효도를 한 걸까. 우현이 싫은 소리 하는 걸 한 번도 들어 본 적이 없다. 조금 더 손해 보고 조금 더 이익 보고 하는 것에 일희일비하지 않았다. 그렇게 키운 게 잘못이다. 진영은 오래오래 후회했다. 우현이 가고 8년이 지났지만 하루에도 몇 번씩 진영은 우현에게 해 준 것들, 혹은 해 주지 못한 것들 전부를 돌아보고 반성하곤 한다. 우현의 삶 전부를 매일매일 몇 배속으로 되돌려 본다. 넘어지고 울먹이려는 우현에게 그냥 크게 울라고 말해 줄 것을, 친구에게 장난감을 양보하는 우현에게 도로 가져오라고 할 것을, 방청소는 제가 한다는 우현에게 그냥 게으르게 있으라고 할 것을, 남들 배려하기 전에 본인부터 챙기고 할 말이 있으면 참지 말고 질러 버리라고 할 것을. 그렇게 가르치지 못했다. 다 나의 잘못이라고 진영은 또 생각했다.

진영은 현영에게 내일 방문할 VR 센터의 리플릿을 내밀었다. 현영은 안경을 꺼내 쓰고 찬찬히 살펴봤다. "10년 이상 경력의 정신과 전문의 상주", "할리우드 출신 CG 마스터", "시나리오 작가와 3회 미팅", "담당 코디네이터와의 상담을 통한 오감의 완벽한 재연". 다른 VR 센터들의 홍보 문구와 크게 다르지 않다. 다만 붉고 커다란 바탕체로 "안 되면 되게 하라!"라는 문장이 전면에 눈에 띄게 쓰여 있고, 그 밑으로 고객의 요구를 얼마나 애써서 실현시켜 왔는지 후기가 빽빽하게 제시되어 있다.

진영이 체험을 잘 마무리하면 현영도 같은 곳으로 예약을 하려고 한다. 정부 바우처 신청은 미리 해 두었다. 정부는 직계 가족의 죽음을 겪은 차상위 계층 80퍼센트 이하의 개인에게 VR 센터 1회 이용

금액의 70퍼센트를 지원한다. 정부의 지원 덕분에, 비용이 높아서 이용하지 못한 사람들이 VR 센터를 이용할 수 있게 되었다. 많은 수요가 생기며 VR 산업은 점점 더 발전했고 지금은 심리 치료 겸 트라우마 극복, 사이코드라마 대안으로 자리 잡았다. 고객은 전문의와 충분히 상담한 뒤 4D 체험으로 고인을 만난다. 고인의 모든 정보는 체험일 이전에 미리 수집된다. 외형, 말투, 목소리, 습관, 동작, 심지어 냄새까지 재연이 가능하다. 살아생전의 사진과 동영상, 온라인상의 남은 흔적들, 사용했던 섬유 유연제나 샴푸 브랜드까지 세세한 정보를 제공할수록 구체적인 인물 표현이 가능해진다. 고객이 원하는 상황을 재연하고 그 안에서 고인의 정보를 모두 빅데이터화한 AI가 즉흥적으로 대응한다. 상황 연출을 구체화하는 건 PD와 작가의 몫이다. 체험자들은 대부분 진짜 고인을 만난 것 같다고 했다. 다만 체험에서 깨어나고 싶지 않아 가진 돈을 모두 탕진하며 현실로 돌아오지 않으려는 사람들이 생겨 일정 기간 내 가능 횟수는 제한되어 있다. 하지만 그러지 않아도 비싼 비용이기 때문에 진영은 이번 기회가 처음이자 마지막임을 알고 있다.

현영도 조카가 보고 싶었지만 언니와 단둘이 만나는 것이 맞는다고 생각했다. 현영은 엄마를 만날 생각이다. 엄마는 우현이 죽고 얼마 안 돼 급성 간경화로 세상을 떠났다. 극심한 스트레스가 원인이었다. 엄마에게 그곳에서 우현을 만났느냐고 물어보고 싶다. 언니는 자기가 살아생전 잘 챙길 테니 걱정 말라고도 전하고 싶다. 다시 뭔가 생각에 잠긴 진영을 바라보며 현영은 그렇게 다짐했다.

"내일 일 끝나고 언니 집으로 갈게."

"뭘 와. 오늘 봤으면 됐지."

"그래도 우현이 기일이잖아. 휴가 내서 센터에도 같이 가면 좋은데……."

현영의 직장은 휴가를 쓰면 누군가가 그 일을 메꿔야 하는 시스템이라 눈치가 보인다. 그걸 아는 진영은 그럼에도 기일이라 찾아온다는 현영이 고맙다.

"가져가."

현영이 깍두기 담근 것을 내밀었다. 둘은 그것 때문에 만났다. 우현은 이모가 담근 깍두기를 가장 좋아했다. 이러니저러니 해도 현영 역시 내일 언니가 진짜 우현을 만나기라도 하는 것처럼 불안하고 동시에 설렜다. 4D로 만들어진 우현도 이 깍두기를 좋아해 줄까. 현영은 깍두기를 내밀며 자신도 모르게 고개를 갸웃했다.

열두 번은 깬 것 같다. 일어나 찬물을 들이켜며 진영은 무거운 어깨를 두드렸다. 30분에 한 번씩 깨서 시간을 확인했다. 밤은 길었지만 밤의 마디들은 한없이 짧았다. 마디 사이사이 우현의 꿈을 꿨다. 사진첩을 보는 것처럼 다른 모습의 우현이 아주 잠깐씩 등장했다. 마지막 꿈은 우현의 뒷모습이었다. 그게 전부였다. 눈을 깜빡하는 사이 뒷모습이 나타났고 다시 깜빡이는 사이 사라졌다.

우현이 사고를 당한 날, 늦게 일어난 우현은 배가 고프다고 했다. 그날따라 진영도 늦잠을 잤고 지각을 하면 벌점이 있기에 마음이 급했다. 밥을 차려 줄 시간이 없었다. 우현이 시리얼을 먹겠다고 냉장고를 열었지만 우유가 없었다. 일어나자마자 늘 배고파 하는 아이였는데, 그날은 아무것도 챙겨 먹이지 못하고 우현을 보냈다. "다녀오겠습니다." 하고 인사하는 우현의 뒷모습이, 그날 이후 꿈에 자주 등장했다. 그 어떤 악몽보다 아픈 꿈이었다. 그날 챙겨 먹이지 못한 한 끼가 진영의 마음속에 커다란 상처로 남았다. 밥도 못 먹고 출근한, 열여덟 살 내 새끼. 어미가 되어 늦잠이나 자서 애를 못 챙기고, 우유도 사다 놓지 않아 시리얼도 못 먹고 고된 출근길에 올랐다. 그게 마지막이었다. 그 뒷모습이.

진영은 불린 녹두를 믹서에 갈며 이를 악물었다. 오늘은 울지 않아야 한다. 오늘 우현을 만나면 웃으며 풍성한 한 끼를 해 먹일 거다. 좋아하는 음식을 잔뜩 해 가서 배불러서 도저히 못 먹겠다고 할 때까지 아이를 먹이고 엉덩이를 두드려 보낼 것이다.

"언제로 돌아가고 싶으세요?"

작가가 진영에게 물었을 때, 두 번 생각할 것도 없이 '사고 날 아침'이라고 대답했다. 사고의 순간은 어떻게 해도 바뀌지 않는다. 우현은 출근했고 회사에서 죽었다. VR의 시나리오를 통해 출근 보내지 않고 회사에 도착하지 않게 하더라도 일어난 사실은 바뀌지 않는다.

그렇다면 밥이라도 먹여 보내고 싶다. 그것만이 아주 조금이지만 진영에게 위안이 될 것이다.

진영은 어렵게 VR 센터의 예약일을 우현의 기일로 잡았다. 고인과 함께 식사를 하는 장면을 넣고 싶으면 음식이나 밥상 등을 원하는 대로 디자인할 수 있다. 혹은 직접 차린 음식을 찍어 미리 보내 두면 재연 화면의 자료로 쓰인다. 하지만 진영은 진짜 음식을 가져가길 원했다. 그렇게 하면 우현의 이미지가 음식을 잡는 장면을 연출하지 못해 부자연스럽다고 했지만 상관없다. 진짜 김이 나는, 따뜻한 음식이어야 했다.

음식 준비에 두어 시간이 흘렀다. 진영은 녹두전을 비롯해 전 3종, 소고기 산적, 닭강정, 나물 몇 개, 떡, 오징어뭇국을 보온 가방에 넣었다. 현영이 준 깍두기와 우유, 시리얼은 보냉 가방에 넣었다. 두 가방은 매우 무거웠지만 진영의 마음은 약간 가벼워졌다.

인턴 윤세라

데스크에서 승무원처럼 유니폼을 차려입은 직원이 진영을 맞이했다. 목소리를 들으니 진영에게 어제 전화한 직원인 듯싶다. 인턴 명찰을 보니 서툴렀던 억양이 이해가 갔다. 세라는 우현과 나이가 비슷해 보였다. 진영의 마음이 단번에 너그러워졌다. 세라의 안내를 받아 체험실로 향했다. 무대처럼 조명이 있는 휑한 공간이 있고 한쪽 구석에 컴퓨터를 비롯한 여러 장치가 가득한 투명한 부스가 있었다. 눈에 익은 작가, PD와 간단히 인사를 하고 담당 코디네이터와 함께 무대 한쪽에 가져온 음식을 차렸다. 차려진 음식을 PD가 잽싸게 코딩해 영상화하는 동안 진영은 한쪽에 마련된 의자에 앉아 숨을 골랐다. 아까부터 심장이 불규칙적으로 뛰고 있었다. 미친 듯이 빠르게 뛰었다가 한없이 느려졌다가 다시 정박으로. 진영은 온몸이 하나의 심장이 된 것만 같았다. 손끝도 발끝도 눈가도 관자놀이도 심장과 함께 뛰었다. 괜히 신청했다고, 진영은 후회했다. 우현을 다시 만난다고 생각하니 아찔하고 두려웠다. 간신히 견디어 온 무언가가 툭 끊어져 버리면 어쩌나. 그 얼굴, 목소리, 표정. 그토록 그립던 것들을 다시 만난다고만 생각했지, 또다시 헤어지는 일이라는 걸 생각하지 못했다.

"긴장되시죠?"

녹차가 담긴 종이컵을 내밀며 작가가 말을 걸었다. 차마 목소리가 나오지 않아 진영은 그저 고개를 끄덕였다.

"아드님 기사…… 신문에서 읽은 기억이 있어요. 저 그때 근처 고등학교를 다니고 있었거든요. 학교에서 애들 사이에 이야기가 많았어요."

우현의 사건은 당시 TV 뉴스, 신문, 인터넷 등 모든 매체를 통해 전국에 알려졌다. 현장 실습을 나온 고 3 학생의 죽음이었기 때문이다. 학교와 회사의 책임 떠넘기기, 매뉴얼과 관리자의 부재, 부실 수사, 사건의 축소와 은폐 문제 등으로 총체적 문제 덩어리였다. 다큐멘터리로 제작되면서 공론화되었고 그 뒤로 비슷한 문제가 발생할 때마다 회자되었다. 하지만 지금까지도 빈번하게 같은 일이 일어난다. 가장 약하고 가장 아래에 위치한 힘없는 아이들이 거대한 시스템에 갈려 버리는 일. 대다수의 사람들은 그 일에 관심을 갖지 않는다. 공론화되었더라도 극히 일부의 사람들에게만 반향이 있을 뿐이었다. 우현의 사건은 결국 개인의 부주의로 결론 내려졌다. 관리자가 처벌받기는 했지만 미약했고 산재도 받을 수 없었다. 작가의 한마디에 진영은 지난 몇 년 동안 간신히 삼켜 낸 뜨거운 용암 덩어리의 존재를 배 속에서 느낄 수 있었다. 하지만 그로부터 8년이 지났다. 진영의 화산은 활동을 멈춘 지 오래다.

"저…… 더 신경 써서 만들었어요. 그냥 그 말씀을 드리고 싶어서요."

진영은 고맙다고 말했다. 날뛰던 심장 박동이 조금 잦아들었다. 우현의 죽음이 단순한 개인적 죽음이 아니고 사회적 죽음이었다는 것이 다시 한번 환기되었다.

"잘 보내 드리고 오세요."

작가는 이렇게 말하고 꾸벅 인사를 한 뒤 부스로 들어갔다. 준비가 다 되었다는 사인이 들어왔다. 잘 보내 주는 일이 뭘까. 진영은 작가의 마지막 말이 마음에 남았다.

진영은 무대 한가운데에서 누군가의 도움을 받아 VR 헤드셋을 머리에 썼다. 무겁지만 견딜 만했다. 눈을 뜨자 우현과 함께 살던 아파트가 펼쳐졌다. '세상에.' 진영은 마음속으로 감탄했다. 낡은 벽지, 닳은 식탁보, 공기 중의 먼지까지 완벽하게 재연되어 있었다. 햇볕 냄새, 섬유 유연제 냄새, 코끝을 스치는 가을바람, 오른쪽 어깨에 와 닿는 햇살까지. 8년 전 그날 아침에 진영은 서 있었다.

"엄마? 왜 그러고 있어?"

진영은 고개를 돌릴 수 없었다. 둑이 터진 것처럼 눈물이 쏟아져 나왔다. 헤드셋은 눈물로 가득 차 축축해졌지만 진영은 절대 벗고 싶지 않았다. 천천히 몸을 돌리자 우현이 서 있었다. 뻗친 머리를 하고 잠옷으로 자주 입던 목 늘어난 티셔츠를 입은 채 크게 하품을 하고 있다.

"우현아……."

진영은 우현의 이름을 불렀다. 목소리가 떨려 이내 어금니를 꽉 깨물었다.

"엄마, 배고파."

우현은 해맑게 배고프다고 말했다. 천진한 아들의 눈동자가 햇볕에 반사되어 반짝였다. 진영은 넋을 잃고 우현을 바라봤다.

"나 씻고 올게."

우현은 화장실로 들어갔다. 진영은 화장실 문에 가까이 다가가 귀를 대 보았다. 문틈으로 따뜻한 수증기가 샴푸 향과 섞여 흘러나왔다. 물소리와 우현의 노랫소리가 들렸다. 그랬었지. 우현은 샤워를 하며 늘 노래를 불렀다. 화장실에선 에코가 좋아 노래를 아주 잘 부르는 것처럼 들린다고 했다. 높은음을 샤우팅 하다시피 불러서 진영은 부엌에 있다 실소를 터뜨리곤 했다. 우현의 노랫소리에 귀를 기울이며 진영은 자신의 죽음 이후 천국이 허락된다면 지금 이 순간이 영원히 지속되기를 바랐다. 우현은 목청껏 노래했다.

물소리가 멈췄다. 진영은 문에서 한 발 물러섰다. 잠시 뒤 문이 열리고 뿌연 수증기 속에 커다란 타월을 허리에 두른 우현이 모습을 드러냈다. 머리카락에서 물이 뚝뚝, 실감 나게 떨어지고 있었다.

"아, 깜짝이야!"

우현은 진영을 보고 소리 질렀다. 진영은 멋쩍게 뒤로 한 발짝 더 물러섰다.

"엄마, 나 배고프다니까. 밥은 있어?"

"어, 엄마가 아침에 다 해 놨어."

진영은 얼결에 대답을 했다. 우현이 "아싸, 신난다." 하고는 방으로 쏙 들어갔다. 드라이어 소리가 나고 얼마 뒤 청바지에 후드 티를 입은 우현이 다시 거실로 나왔다. 유품으로 전달받은 바로 그 청바지와 후드 티였다. 멀미가 나는 것처럼 속이 울렁거리기 시작했다.

거실로 나온 우현은 바로 식탁으로 다가갔다. 어느새 진영이 준비해 온 음식이 가득 차려져 있었다. 냄새도 촉감도, 음식만은 리얼이었다. 따뜻하게 만져지는 그릇의 온도에 진영은 안도했다.

"오늘 무슨 날이야? 상다리 부러지겠는데?"

우현은 식탁에 앉아 음식을 먹기 시작했다. PD가 미리 말했다시피 식사하는 모습은 디테일이 떨어졌지만 그래도 먹는 모습으로 충분했다.

"많이 먹어."

진영은 문득 말했다. 우현이 국을 뜨다 말고 진영을 바라보며 씨익 웃었다. 우현은 식탁에 차려진 모든 음식에 젓가락을 댔다.

"엄마, 배가 터질 것 같아."

"시리얼도 있는데."

"그건 또 들어가는 배가 다르지."

우현은 초코 시리얼이 담긴 그릇에 우유를 가득 부었다. 시리얼이 씹히는 와작와작하는 소리가 공간을 가득 채웠다. 우현을 배부르게 먹이는 게 가장 중요하다고, 진영은 작가에게 몇 번이나 강조했다. 진영의 바람대로 우현은 충실하게, 배부르게 먹었다. 이 식사가 끝나면 우현을 보내야 한다. 다시는 볼 수 없는 곳으로. 진영은 손을 뻗어 우현을 만지고 싶었다. 붕붕 뜬 머리카락을, 매끈한 살결을, 목덜미의 솜털을. 하지만 그 행위가 몰입을 깨는 것이라고 여러 번 주의받은 게 떠올랐다. 아무것도 만져지지 않을 거라고. 존재가 부재한다는 것만을 확인받을 뿐이라고. 주먹을 꼭 쥐고 진영은 우현의 모습을 열심히 눈에 담았다. 뺨의 점이라든지 가르마의 위치라든지 귀의 모양이라든지, 알지 못한 사이 이제는 희미해져 버린 것들을 기억하려 애썼다.

"잘 먹었습니다!"

식사가 끝나자 우현은 식탁에서 일어섰다. 가방을 메고 휴대 전화를 찾아 주머니에 집어넣고 싱크대에서 빠르게 가글을 했다. 우현이 출근 전 늘 하던 순서 그대로였다. 우현이 신발을 신기 위해 현관에서 등을 보이자 진영은 가슴이 덜컹했다. 이제 나갈 일만 남은 거다. 이대로 보내야 하다니 믿기지 않는다. 다시 만나기 위해 8년을 기다렸다. 갑자기 우현의 바짓가랑이라도 잡고 늘어지고 싶은 기분이 들어 진영은 자신을 다스리기 위해 애써야 했다. 진영은 심호흡을 했다. 천천히, 크게, 들이쉬고 내쉬고 들이쉬고 내쉬고. 신경 정신과 선생님과 과호흡에 대비해 연습해 뒀던 호흡법이었다. 호흡을 해도 어깨의 떨림이 시작되었다. 진영은 곧 자신이 흐느껴 울 것을 알았다. 울지 말고 아이를 보내 줘야 한다. 지금의 우현은 4D 캐릭터이기도 하지만 진영에게 우현의 영혼 그 자체이기도 하다. 그래서 그토록 한 끼를 배불리 먹이고 웃으며 배웅하기를 바라는 것이다. 그것을 믿지 못한다면 이런 것들 모두 하나도 의미가 없는 것이다.

"다녀오겠습니다."

신발 끈을 다 묶은 우현이 마침내 고개를 돌리고 인사했다.

진영은 눈물과 땀으로 범벅이 된 헤드셋 안에서도 온 힘을 다해 웃으며 고개를 끄덕였다.

"우현아!"

진영은 현관문을 여는 우현을 불러 세웠다. 우현이 행동을 멈추고 진영의 눈동자를 빤히 쳐다봤다. '그곳은 어때?' '엄마 안 원망하니?' '미안하다, 우현아.' 수많은 말이 입안에서 맴돌았지만 차마 꺼내지 못했다.

"잘…… 다녀와."

가까스로 진영은 말했다. 우현은 환하게 웃으며 손을 흔들고는 문을 열고 나갔다. 쿵, 소리를 내며 문이 닫혔다. 진영은 주저앉을 것 같았지만 꽃꽃이 힘을 주고 우현이 빠져나간 문을 한참 동안 바라봤다.

PD는 천천히 종료 버튼을 눌렀다. 오늘의 첫 번째 일은 무난하게 끝났다. 뭐든 처음이 중요하다. 장사를 하는 사람처럼 PD도 첫 번째 고객으로 하루의 일진을 가늠하곤 했다. 이 판에도 진상 고객이 많다. 죽은 사람과의 재회라니 얼마나 감정적이 되겠는가. 처음에는 함께 공감하고 슬퍼하기도 했지만 해가 지날수록 그들은 PD에게 진상 고객이 될 수밖에 없었다. 시간은 정해져 있고 다음 고객은 기다리고 있고 하루의 스케줄이란 게 있다. VR 체험을 끝내고 싶지 않다고 울고 애원하고 화내 봤자 재생된 가상 현실은 이미 끝났고 다음 서사도 없다.

그런데 기계가 먹통이 되었는지 꺼지지 않는다.

다음 장면, 진영은 우현의 뒷모습을 좇고 있다. 화질이 좋지 않다.

우현은 이어폰을 꽂은 채 백팩을 습관처럼 추스르며 앞으로 걸어 나간다. 역 근처에서 한 무리의 직장인들과 합류해 배수구를 빠져나가는 물처럼 순식간에 지하로 사라진다. 진영은 이런 장면이 있을 거라는 말은 듣지 못했다. 쿠키 영상이라도 되는 걸까. 의아한 마음에 진영은 엉뚱한 생각을 한다.

이런 장면이 있을 턱이 없다. 부스 안에서는 난리가 났다. 종료 버튼을 아무리 눌러도 꺼지지 않고 전원을 차단했음에도 화면이 지속된다. PD와 작가는 그 와중에도 차마 진영에게 다가가 헤드셋을 잡아챌 수 없었다. 화면에 보이는 건 분명 의뢰자의 아들 우현이 맞다. 누가 이런 화면을 끼워 넣은 걸까. 어떤 의도를 가지고 어떤 효과를 위해. PD는 이건 거의 초자연적인 현상이라 생각한다. 전원을 내렸는데도 화면이 재생되고 있다. 부스의 온도가 3도쯤 내려간 것처럼 느껴지며 팔에 오소소 소름이 돋는다. 어느 순간 가위눌린 것처럼 몸이 움직여지지 않는다.

화면 속의 우현은 지하철을 탄다. 가득 찬 사람들 속에서 얼굴이 시뻘게진 채 오도 가도 못 하는 자세로 버티고 있는 모습이 보인다. 장면들은 좀 이상하다. 소리가 없다. 마치 CCTV 화면들을 편집해 놓은 것 같다. 우현은 지하철에서 내려 회사로 향하고 회사 안으로 들어가 작업복으로 갈아입은 뒤 일터로 향한다. 진영은 다리가 후

들거려 주저앉았다. 무언가 이상한 일이 벌어지고 있다. 다음 장면을 절대 보고 싶지 않으면서 동시에 반드시 봐야 할 것 같은 기분이 든다. 이윽고 우현의 사수가 등장한다. 우현이 형이라 부르며 친하게 지냈던 사람으로 장례식장에 와 발인까지 도왔다. 공장장의 조카라고도 했다. 나중에 공장으로부터 위로금을 받아 주고 사후 처리를 하는 데 큰 도움을 받았다. 하지만 화면 속의 사수는 좀 다르게 느껴진다. 우현의 뒤통수를 자꾸 내려친다. 헤드록을 걸기도 한다. 장난을 치는 건지 뭔지 모르겠다. 하나 분명한 건 우현은 머리가 망가진다며 머리 건드리는 것을 싫어했다. 진영은 우현의 표정이 안 좋아지는 것을 보며 장례식에서 사수의 손을 잡고 울음을 터뜨렸던 순간을 지워 버리고 싶다.

장난만 걸던 사수는 우현을 혼자 두고 밖으로 나간다. 우현은 혼자 무거운 것을 이리 옮기고 저리 옮기고 기계를 살피고 정신없이 일한다. 잠시 뒤 컨베이어가 멈추자 우현은 기계를 멈추고 그 안으로 들어간다. 진영의 손에 땀이 나기 시작한다. 어금니가 딱딱 부딪힌다. 머릿속에 커다란 검은 터널이 만들어지며 그리로 빨려 들어갈 것 같은 기분이 든다. 헤드셋을 꽉 쥐고 진영은 혼절할 것 같은 것을 참아 낸다. 화면에 사수가 다시 등장한다. 사수는 우현을 찾는 듯 이름을 부르고 고개를 이리저리 돌리더니 기계를 작동시킨다. 부주의하게. '거기 내 아들이 있어!' 말도 안 나오고 움직이지도 못하는 악몽의 한 장면에 들어온 듯하다. 기계를 작동시킨 건 사수였다. 우현의 부주의가 아니었다. CCTV도 없다고 했다. 혼자 있을 때 벌어진 일이라고 했다. 아들의 죽음 직후 사수의 손을 잡고 울었다. 진영은 자신의 어금니가 갈리는 듯한 소리를 듣는다. 진영은 그대로 정신을 잃는다.

화면은 갑작스레 끝났다. 모두가 얼음이 된 채 멈춰 있다가 누군가가 땡을 외친 것처럼 사람들의 정신도 갑작스레 돌아왔다. 코디네이터와 작가가 진영에게 달려갔다. 소란이 일자 세라가 들어와 응급 버튼을 눌렀고 곧 구급차가 도착했다. 길어 봤자 5분에서 10분 사이였다. 하지만 누구도 설명할 수 없는, 시간 밖의 시간이었다. 진영이 병원으로 실려 가고 스태프들은 상부에 보고한 뒤 급하게 회의를 했다. 이런 식의 오류가 어떻게 생기게 된 건지, 해킹을 당한 건 아닌지 하는 안건들은 모두 뒤로 미뤄졌다.

1. 기록할 것인가 말 것인가.
2. 진영에게 오류를 인정할 것인가 말 것인가.

이 두 개가 가장 중요했다. 작가는 당연히 이 사건을 기록해야 할 뿐더러 진영에게 잘못을 인정하고 언론에 알려야 한다고 주장했다. VR 체험 역사상 유례없는 일이었다. 정확히 인과 관계를 파악해 같은 일이 반복되는 것을 막아야 한다. 게다가 우현 군 사건 역시 재조명되어야 한다. 기계 조작 미숙이 아닌 사수의 실수였다는 것이 반드시 밝혀져야 한다. 언론에 문제의 그 영상 녹화본을 보내야 한다. PD의 생각은 달랐다. 단순 오류도 아니고 트라우마를 건드릴 수 있는 치명적 오류였다. 더욱 정확히 하자면 그건 오류도 아니고 초자연적인 현상, 기계에 접신이 들린 일이었다. 알려진다면 사람들은 VR 체험을 기피하게 될 것이고 정부 지원이 끊길 수도 있다. 코디네이터도 PD과 생각이 같았다. 고인과의 만남은 예측되고 계획된 만남이어야지 이런 통제 불가능한 상황이 발생한다는 게 알려진다면 큰 문제가 될 것이다. 설왕설래가 지속되던 도중 PD는 상급자의 전화를 받았다. 한 번도 만나 보지 못한, 최고 경영자라는 직위를 가진 사람이었다. 전화를 끊고 PD는 영상을 지웠다. 그리고 이 일은 절대 발설되지 않아야 한다고 말했다.

진영이 눈을 떴을 때 코디네이터와 세라가 곁에 있었다. 진영은 어떻게 된 일이냐고 물었다.

"종종 심신에 충격이 커서 쓰러지는 분들이 있어요."

"내가 본 화면이 뭐였어요? 모두 봤죠?"

"구현이 아주 잘됐더군요. 힘드셨을 텐데 그래도 씩씩하게 잘 보내 주셨어요."

"같이 봤잖아요. 우현이가 공장에서 사고당하는 장면."

코디네이터는 아주 슬픈 표정으로 그런 장면은 없었다고 말했다. 안정제를 맞아 꿈과 혼동이 된 게 분명하다고도 했다. 진영은 혼란스러웠다. 안 그래도 머리가 어지럽고 뇌가 부푼 스펀지처럼 머릿속에 가득 찬 기분이었다. 생각의 연결이 잘 되지 않았고 기억은 자꾸 토막 났다. 의사가 들어와 심신의 안정이 최우선이라며 수면제와 안정제를 주사했다.

"봤어요?"

세라가 병실을 나오며 코디네이터에게 물었다. 코디네이터는 근처에 사람도 없는데 주위를 살피며 둘째손가락을 입가로 가져갔다.

"고객님 머리카락이 새하얗게 되었어요. 몇 시간 만에."

작가는 집에 돌아오자마자 맥주를 한 캔 땄다. 너무나 긴 하루였다. 자신의 생각과 주장이라곤 하나도 없이 오직 윗선에 잘 보이기 위해 말하고 행동하는 게 PD라는 건 알고 있었다. 하지만 이렇게까지 심할 줄이야. 몸을 움직이지 못하고 부스에서 바라본 화면과 덜덜 떨리던 진영의 손이 떠올랐다. PD가 멍청해서 다행이다. 작가는 휴대 전화로 문제의 화면을 재생해 봤다. 회의 도중 화장실로 빠져나가 클라우드 서버에 있는 재생 목록을 휴대 전화로 옮겼다. 회의가 그런 식으로 끝날 줄 이미 예상했던 거다. 일단 자료는 확보했다. 하지만 이제 이걸 가지고 무엇을 할 것인가가 남아 있다. 이걸 가지고 뭐를 하든, 아무튼 자신이 직장을 잃게 된다는 건 자명한 일이다. 범인은 너무나 뻔하니까. 작가는 대출금과 적금, 할부금이 빠져나가는 인터넷 뱅킹 화면을 한참 들여다봤다. 내부 고발자가 되었다는 사실이 알려지면 같은 업종의 일을 구할 수 없게 된다. 규모가 큰 VR 센터여서 연봉이 나쁘지 않았다.

취업할 때 동기들이 모두 부러워했다. 같이 부딪히며 일하는 상사가 PD 하나뿐이라 스트레스도 심하지 않았다. 그런데 왜 이 모든 것을 버리려고 하는 것인지 스스로도 이유를 알 수 없었다.

"우리 엄마랑 너무 닮았잖아."

작가는 혼잣말을 하며 가방을 뒤졌다. 아까 진영에게 받은 떡이 들어 있었다. 밥 한 끼 먹는 게 뭐라고 그 무거운 것들을 바리바리 싸 들고 오다니. 엄마들이란. 자식이 죽고 나서도 그 밥 한 끼가 마음에 그렇게 걸리는 것일까. 떡을 안주 삼아 맥주를 마시며 작가는 컴퓨터를 켰다. 그리고 나오는 첫 화면에 떡과 안주를 그대로 뿜고 말았다.

사고가 아니고 살인. VR에 다녀간 영혼.

세라는 좀 전에 자신이 친 문구를 한참 들여다봤다. 폰트도 메시지도 너무나 적절하다. 다운받은 화면에 자막을 입히고, 전후 관계를 설명하는 글을 달고 당시의 뉴스와 함께 편집했다. 영상 편집본은 유튜브에 올리고 사진과 텍스트로 요약한 글은 모든 SNS 계정과 포털 사이트, 인터넷 커뮤니티에 올렸다. 인플루언서 친구들에게 도움을 청해 영상의 요약본과 영상의 링크를 그들의 사이트에 게재했다. 들불 붙은 것처럼 게시물이 퍼져 나갔다. 정말 우현의 영혼이 에버 어게인의 VR을 통해 다녀간 것인지, 오류라면 어떤 종류의 오류인지 의견이 분분했다. 당시의 사고가 재조명된 것은 물론이었다. 괜히 IT 특성화고 디지털 콘텐츠학과를 다니는 게 아니다. 직장에서는 답답한 유니폼을 입고 로봇처럼 웃으며 같은 말만 하지만. 거기서 일한 지 벌써 세 달이 다 되어 가는데 누구도 어떤 프로그램을 다룰 줄 아느냐고 한 번도 묻지를 않는다. 오늘도 그 사건이 일어나는 모든 시간에 거기에 있었는데 다들 병풍으로 생각하는지 관심을 갖지 않았다. 조심조차 하지 않았다. 보안 체계가 허술한 회사의 메인 컴퓨터에서 영상을 다운받는 건 식은 죽 먹기였다. 회의 중 말소리는 문밖으로 다 새어 나왔고 진실도 새어 나왔다. 세라는 우현이 낯설게 느껴지지 않았다. 그때나 지금이나 처지가 비슷한 산업체 실습생. 세라의 인턴 기간은 고작 일주일 남았다. 여기서는 인턴을 정직원으로 채용하는 선례도 없었다. 엿이나 먹으라지.

진영이 나눠 준 떡을 꼭꼭 씹으며 세라는 화면을 뚫어지게 쳐다봤다. 유튜브 조회 수가 엄청나게 올라가고 있다. 포털 사이트의 추천 영상으로 떴기 때문이다.

'제사 음식을 먹었으면 밥값은 해야지.'

새하얗게 변해 버린 진영의 머리카락을 떠올리며 세라는 생각했다. 아까부터 휴대 전화가 울리고 있었다. 에버 어게인. 회사였다. 회사의 이름이 새삼 눈에 들어왔다. '절대로 다시는.'

절대로 다시는 우현 같은 애들이 생기지 않았으면 좋겠다. 이번에

야말로 눈을 크게 뜨고 사람들이 제대로 봐 주었으면 좋겠다. 그러라고 배운 온라인 마케팅과 알고리즘이었다.

4

껍데기는 하나도 없다

장마가 40일 넘게 계속되고 있다. 영원히 끝나지 않을 것만 같은 장마다.

소년 K는 버스에 앉아 차창 밖을 바라보고 있다.

불어난 하천은 흙탕물이 되어 평소보다 몇 배나 빠른 유속으로 흐른다. 주변의 녹색식물들은 오랜 기간 내린 비를 마시고 거대하게 자랐다. 커다란 이파리와 어지럽게 뒤엉킨 넝쿨, 아무렇게나 틀어진 줄기와 가지. 해가 들지 않아도 왕성하게 자라는 아마존 밀림의 음지식물 같다. 그 생명력이, 그 집요함이 K는 왜인지 넌덜머리가 난다.

살아 있는 것들은 다 저렇게 우악스러운 걸까.

모든 생명체는 '생존을 위한 본능'으로 존재한다는데 그 본능의 출처가 어딘지 도통 모르겠다. 징그럽도록 집요하다는 사실만 알 뿐이다.

K는 얼마 전 텔레비전에서 우연히 본 소라게 다큐멘터리를 생각한다.

소라게는 평생 자신의 몸을 보호할 집을 찾아 돌아다닌다. 태어날 때부터 자기만의 껍질이 없어, 다른 고둥류의 껍데기이든 길가의 병뚜껑이든 들어가 숨을 수만 있다면 뭐든 상관없이 메고 다닌다. 소라면 소라고 게면 게일 것이지 하필 소라게로 태어나 애매하다. 소라처럼 껍데기가 있지도 않고 게처럼 외피가 딱딱하지도 않다. 양쪽의 안 좋은 점만 합쳐져 소라게가 되었다. 소라게들이 몸이 커질 때마다 새 껍데기를 찾기 위해 고군분투하는 장면을 보며 K는 자신도 모르게 혀를 찼다. 뭐 저런 어설픈 생명체가 다 있지. 적당히 하지 뭘 또 저렇게 필사적으로 몸이 자랄 때마다 새 집을 찾고 있담.

졸음 때문에 다소 몽롱한 머리로 이런저런 생각에 잠겨 있는데 누군가 이어폰을 잡아 뺐다.

"어이, 눈을 뜬 거냐, 감은 거냐."

같은 반의 재현이 눈앞에 서 있다.

"너 아직도 줄 있는 이어폰 쓰냐?"

"무선은 잘 잃어버릴 것 같아서……."

K는 주섬주섬 이어폰을 빼고 줄을 정리해 주머니에 넣는다. 재현이 탄 걸 보니 몇 정거장만 더 가면 학교다. 이로써 오늘의 평화로운 아침 시간은 끝이다.

"아침마다 버스 타기 힘들지 않냐? 너 ○○동에서 온다며."

재현이 가방을 K의 무릎 위로 올리며 묻는다. 고개를 끄덕이자 재현은 "안 다니고 말지, 개멀어."라고 중얼거리며 버스 입구 쪽으로 눈길을 던진다. 이윽고 같은 학교 아이들이 우르르 버스에 탄다. 버스는 삽시간에 아이들이 떠드는 소리로 가득 찼다.

K가 버스로 약 1시간 거리의 중학교에 다니게 된 건 갑작스러운 이사 때문이었다. 전세 만기에 맞춰 몇 번이나 이사를 다녀 봤지만 마지막 이사는 반강제로 쫓겨나다시피 했다. 주인이 거주해야 한다며 이사비를 쥐여 주고 2주 안에 집을 비워 달라고 한 것이다. 엄마는 전세 계약 기간 중에 이렇게 쫓아내는 게 어디 있느냐며 버티겠다고 했지만 아빠는 어차피 8개월 후에 이사 가야 하는 건 마찬가지니 그냥 나가자고 했다. 이사비와 복비를 합친 200만 원 남짓한 공돈이 큰 몫을 한 듯했다.

"좋은 게 좋은 거"라고 아빠는 K에게 자주 말하곤 했다. 누구에게 좋은 건지 말해 주지 않았지만 늘 그래 왔던 대로 우리에게 좋은 건 아님을 알고 있다. 전학만은 하지 않겠다고 말했을 때 아빠와 엄마는 고개를 끄덕거릴 따름이었다.

학교는, K에게 결코 만만한 장소가 아니었다. 키도 작고 몸집도 왜소하며 얼굴도 보통, 공부도 중간, 집에 돈도 없다. 교실에서 남자아이들의 계급은 마치 피라미드와 같아서 철저한 약육강식에 의해 존재한다. 생태계의 최상위 포식자가 가진 힘과 날카로운 이빨, 빠른 속도 대신 덩치, 외모, 공부, 경제력이 본인의 위치를 좌우한다. 그중 가진 게 아무것도 없다면 학교생활은 힘들어진다. 나를 지키는 유일한 방법은 조금이라도 상위 집단의 아이들과 친해지는 일이다.

K는 초등학교 고학년 때 이 사실을 깨달은 다음 적극적으로 친구를 만들기 위해 애써 왔다. 친구의 부탁은 웬만하면 거절하지 않았고 늘 배려했다. 상대가 듣고 싶어 하는 말을 해 주었고 원하는 것을 주기 위해 최선을 다했다. 이러한 K의 노력이 통했는지 학교에서 그의 평판은 나쁘지 않다. "걔는 어딘지 모르게 좀 센스 있지 않아?" K에 대한 반장의 이 한 줄 평이 그의 특징인 것처럼 자리 잡았다.

'센스 있는 K.'

K는 자신이 긴 노력 끝에 만들어 놓은 이 수식어가 참으로 다행스러웠고 피라미드의 중간 어딘가에 어영부영 자리 잡을 수 있게 되어 기뻤다. 모범생과도, 노는 아이와도 두루 친하게 지내는 자신이 자랑스러웠다. 특히 운동부인 재현과 같은 버스를 타는 걸 계기로 그 무리와 자연스럽게 어울려 다닐 수 있어 이번 학기는 순조로웠다.

"야, 2교시 끝나고 핫바 사 먹을까?"

재현이 K를 툭툭 치며 말하는데 옆의 다른 아이가 끼어들었다.

"매점 핫바보다 ○○어묵집 핫바가 훨 더 맛있는데. 먹어 봤냐?"

"거기 멀잖아. 우리 학교에서 한 정거장 전이야."

"그럼 내가 내려서 사 갈게."

재현이 씩 웃으며 K를 바라봤다.

"K, 니가? 학교까지 20분은 걸어야 할 텐데?"

"잠도 깰 겸. 그리고 뛰면 금방이야."

"오오, 역시 센스쟁이."

아이들은 돈을 걸어 K에게 전달했다.

"니 건 내가 낸다. 비도 오는데 고생하니까."

재현이 돈을 주며 말했다. K는 흐뭇한 마음이 들었다.

'뛰면 금방이니까 괜찮겠지. 그리고 ○○어묵집 핫바가 훨씬 더 맛있으니까.'

K는 한 정거장 전에 버스에서 내렸다. 빗줄기가 아까보다 더 굵어져 바짓단이 금세 젖었다. 버스에 탄 친구들이 쌍따봉을 날리며 쳐다보고 있다. K도 응답의 엄지를 들어 보이는데 버스가 출발하며 거대한 물웅덩이를 밟아 K는 물세례를 직방으로 맞았다. 자지러지는 아이들의 웃음소리를 싣고 버스는 떠났다.

학교로 돌아오자 벌써 1교시가 시작한 지 10여 분이 지나 있었다. 지각으로 벌점을 받고 자리에 앉았다. 졸고 있던 짝이 눈을 번쩍 뜨며 "핫바는?" 하고 속삭였다.

"문을 안 열었어."

그랬다. 그 폭우를 뚫고 갔건만 가게 문은 닫혀 있었다. 하긴 오전 9시도 안 된 시각에 어묵집 문이 열려 있는 게 더 이상하다. 그 생각을 아무도 못 했다.

짝은 뭐라 구시렁대며 돈을 도로 내놓으라고 손바닥을 내밀었다. K가 주머니에서 완전히 젖어 버린 천 원짜리 뭉텅이를 꺼냈다. 짝은 헐, 소리를 내며 2천 원을 가져가더니 도로 엎드렸다. K의 머리부터 발끝까지 물이 뚝뚝 떨어진다. 에어컨 탓인지 K는 몸이 떨린다. 아랫니가 윗니에 딱딱 부딪친다. 담요나 뭐 걸칠 거라도 빌리려고 주위를 둘러봤지만 아무도 K를 쳐다보지 않는다. 지루한 공기, 느릿느릿한 선생의 목소리, 새하얀 형광등 불빛, 나지막이 돌아가는 에어컨 소리. 교실 안의 모든 게 평화롭다. 오직 K만이 조난당한 선원처럼 애처롭게 떨며 두리번거리고 있다.

"이 유치한 새끼들아!"

우성이 단전에서부터 호흡을 끌어올려 지른 소리가 쩌렁쩌렁 교실에 가득 찼다. 이 정도면 사자후다. 우성은 자신이 내지른 고함 소리에 남모를 만족감을 느꼈다.

응답이라도 하듯 3교시를 끝내는 벨이 곧이어 흘러나왔다. 영어 쪽지 시험 후, 시험지를 걷어 교무실로 가져오라고 하고 선생이 나간 직후였다.

맨 뒷자리 아이는 우성의 시험지를 걷지 않고 나머지 시험지만 차곡차곡 쌓아 반장에게 전달했다. 시험지를 손에 들고 있던 우성은 뒷자리 아이가 자기 옆을 그냥 지나쳐 버리는 걸 한참 노려보다 소리를 지른 것이다.

분이 풀리지 않는지 우성은 일어나 씩씩대다 교탁을 발로 세게 걷어찼다. 발가락이 떨어져 나갈 듯한 통증이 느껴졌지만 우성은 티 내지 않았다.

교실에서 우성을 투명 인간 취급한 것은 하루 이틀 일이 아니다. 아이들은 우성이 재수 없다고, 잘난 척한다고 싫어했다. 처음부터 그랬던 건 아니다. 성적도 상위권이고(특히 수학 성적이 압도적으로 좋았다) 덩치도 좋은 데다 학교 이사장의 조카라는 소문에, 학기 초에는 우성의 인기가 좋았다. 아이들은 그의 책상 근처를 맴돌며 매점에 같이 가자고 하거나 점심시간에 축구를 하자고 제안했다. "간식 안 먹음." "땀 흘리는 거 싫음." 그의 거절이 반복되면서 아이들은 우성이 거만하다고, 자신을 무시한다고 생각하기 시작했다. 그런 원망의 분위기는 교실 전체에 빠르게 퍼졌고 곧 우성은 고립되었다. 무시당하기 전에 무시하자고 담합이라도 한 듯 모두 우성이 존재하지 않는 것처럼 행동했다.

신기한 것은 그런 교실의 분위기에 대해 우성이 그다지 연연하지 않는 것처럼 보이는 것이었다. 혼자 밥을 먹고 혼자 조별 과제를 하고 혼자 등하교를 하면서도 기죽은 기색이 전혀 없었다. 오히려 부당한 대접을 받으면 밀림의 사자처럼 포효했다. 그런 우성의 성격 탓인지 아이들은 그를 적극적으로 괴롭히진 못했다. 그러나 당당한 태도에도 불구하고 우성이 스트레스성 위염과 원형 탈모에 시달리고 있다는 건 아무도 알지 못했다. 우성은 그저 단 걸 싫어하고 땀 흘리는 걸 싫어해서 그렇다고 말했을 뿐인데 아이들이 이토록 과민하게 반응하는 이유를 알 수 없었다. 이유도 모르는 일에 자존심을 내려놓고 굴복하고 싶지도 않았다. 모난 돌이 정 맞는다고, 아빠는 적당히 눈치껏 어울리라고 충고했지만 우성은 다양한 모양의 돌이 있는 건데 굳이 모난 돌을 정으로 찍으려고 하는 그 마음을 이해할 수 없었다.

모두 약속이라도 한 것처럼 우성의 고함 소리에 반응하지 않았다. 잠시 후 발가락의 통증이 가라앉자 우성은 교무실로 가서 직접 시험지를 제출했다.

어쨌든 우성은 그렇게 혼자였다.

집으로 돌아온 K는 반만 마른 눅눅한 교복과 속옷을 모두 벗고 화장실로 들어갔다. 긴 장마로 곰팡이가 얼룩덜룩한 벽과 반쯤 썩은 듯한 비누를 애써 쳐다보지 않으려 노력하며 샤워했다. 보일러 상태가 영 좋지 않아 물이 뜨겁다가 차갑다가 제멋대로였다. 거의 다 쓴 통에 물을 부어 놓아 묽은 샴푸로 가까스로 거품을 내고 비누의 더러운 부분을 손톱으로 긁어낸 후 몸에 문질렀다. 그러고 걸레 냄새가 나는 수건으로 몸을 닦았다. 샤워를 했는데도 전혀 개운하지가 않았다.

냉장고를 열자 온갖 저장 음식으로 불빛이 다 가려져 있어 어두컴컴하다. 열린 문으로 김치 쉰내가 지옥의 악령처럼 흘러나온다. 바닥은 끈적끈적하고 습도는 사우나를 방불케 한다. K는 뭔가 먹는 것을 포기하고 우유를 꺼내 통째로 마신다. 그리고 체중계에 올라가서 몸무게를 확인한다.

'52.'

대체 언제, 어떻게 해야 60kg이 넘을 수 있을까. 키 170cm가 아득하게 느껴지는 것처럼 몸무게도 좀처럼 늘지 않는다. 물 대신 우유를 마시고 끼니마다 밥을 두 그릇 이상씩 먹으려고 노력한다. 거의 매일 밤 라면을 끓여 먹고 과자도 자주 사 먹는다. 재현은 이미 180cm가 넘었다. 하지만 K의 부모님 키를 생각해 보면 180cm는 커녕 170cm를 넘기는 것조차 어려워 보인다. 문득 돈도 키도 물려주지 못하는 부모가 원망스럽다. 금세 다시 땀으로 젖기 시작하는 몸을 선풍기에 말리며 K는 새삼스레 자신의 처지가 절망적이라고 여긴다.

우성처럼 키도 크고 부모도 잘 만나면 교실에서 그렇게 당당할 수 있는 걸까. 우성의 울부짖음을 들으며 K는 사실 부러움을 느꼈다. 우성이라면 교실에서 자신의 자리를 찾기 위해 열과 성을 다해 노력할 필요가 없을 것이다. K는 고립을 택한 우성이 이해되지 않는다. 자기가 우성이라면 좀 더 본인이 가진 것들을 이용할 것이다. 아이들에게 수학도 가르쳐 주고 햄버거도 한 번씩 쏘고 점심시간에 골키퍼가 아닌 공격수로 축구도 하고 모두의 부러움을 한 몸에 받고. 말 그대로 핵인싸의 길. 왜 그 좋은 길을 두고 가지 않는 걸까. 알 수 없는 녀석이다.

엄마가 돌아올 시간이 다 되어 누나 방으로 들어갔다. 풀다 만 문제집과 시험지, 공책으로 엉망이다. 개판 5분 전이다. 여자에 대한 환상은 누나를 통해 애당초 깨졌다. 대충 한쪽으로 밀어 놓고 숙제를 꺼내는데 현관문 여는 소리가 들린다.

"아들, 왔어?"

못 들은 척 교과서에 얼굴을 파묻는데 방문이 벌컥 열린다.

"부모가 왔는데 내다보지도 않냐?"

"……오셨어요?"

웬일로 아빠가 엄마와 같이 퇴근했다. 더 들어갈 공간이 있는지 엄마는 장 봐 온 것들을 냉장고에 밀어 넣고 있다.

"박 부장 정신 나간 놈이 웬일로 현장에서 바로 퇴근을 하란다. 막걸리에 부침개 먹을 생각에 부리나케 퇴근했지. 당신, 오랜만에 남편이 장 본 것도 들어 주고, 땡잡았지?"

"해가 훤한 시간에 당신 얼굴을 다 보니 꿈인가 생신가 싶네?"

"오늘 래미안 현장에 나갔는데 그 본사 직원들 완전 미친놈들이야. 얼마나 집요하고 꼼꼼한지 몰라. 회의를 막 100번 하고 빠꾸를 1000번을 먹여. 역시 그래서 삼성, 삼성 하나 봐."

아빠는 다시 문을 벌컥 열고 얼굴을 들이밀며 말했다.

"들었어, 아들? 나중에 집은 래미안 사라."

래미안 같은 소리. 턱까지 차오르는 말을 K는 억지로 삼켰다. 자기 방도 없어서 누나 방에서 숙제를 해야 하는 K로서는 아빠의 이런 말이 곱게 들리지 않았다. 무능력한 데다 심지어 본인의 무능력을 전혀 자책하지 않았다.

집 안이 고소한 김치부침개 냄새로 가득 찼다. 공부 중인 K를 방해하지 않기 위해 엄마는 따로 접시에 담아 방 안으로 가져다주었다. 하지만 부엌이 바로 옆이라 아빠 엄마의 대화 소리가 너무 잘 들려 숙제에 집중하기 어려웠다. 그렇다고 식탁에 함께 앉아서 먹기는 싫다. K는 건성으로 문제를 풀며, 부침개를 질겅질겅 씹으며, 반쯤 멍한 상태로 부모의 대화를 들었다. 언제나처럼 아빠가 회사와 상사 욕, 마구잡이식의 정치 이슈, 월급과 적금, 대출 이자 등에 대해 이야기하면 엄마가 바쁘게 집안일을 하며 대강 대꾸해 주는 식이다.

"생애 첫 주택 분양 카페 가입했는데 이름이 뭔 줄 알아? '소라게의 집 찾기'래. 누가 지었는지 기가 막히지?"

K는 참으로 절묘하다고 생각한다. 다들 소라게에 관심이 많군. 어른 소라게도 평생 집을 찾느라 고생이 많다.

"임대차법 바뀌고 전세 기간이 4년 보장되어서 얼마나 좋아. 역전세난이다 뭐다 해서 전세가도 전보다 좀 내렸고. 운이 좋았지. 앞으로 4년간은 이사 안 가도 되고."

"여기서 4년이라는 게 운이 좋은 건지 나쁜 건지 사실 잘 모르겠어."

"아, 이 사람 바본가. 당연히 운이 좋은 거지. 이 돈으로는 들어갈 수 있는 전세가 거의 없다니까."

"그래도 우리 아들, 고등학교 가기 전에 방 하나 마련해 줘야 하는데…….”

“예전엔 한 방에 다들 모여 살았어. 상황이 이러면 어쩔 수 없는 거지.”

“언제 적 얘기를 해, 당신은. 어휴…….”

“4년 후에는 분양받을 돈 모일 거야. 시간을 번 게 어디야.”

4년이란 단어에 K는 움찔한다. 까마득한 기간이다. 방이 없는 생활이 앞으로 4년이나 더 기다리고 있다니. 누나는 수험생이기에 자기 방을 가졌다. K는 안방에서 아빠와 잔다. 엄마는 거실에서 TV를 보다 잔다. 이런 생활이 무려 4년이나 더 남았다. 먹던 부침개 맛이 뚝 떨어진다. 친구를 데려올 수 없는, 친구와 밤에 통화할 수 없는, 혼자만의 시간을 가질 수 없는, 친구들이 집 이야기를 할 때 당당할 수 없는, 또 다른 4년. 영원 같은 시간.

슬픔과 분노가 차올랐다. 나의 부모는 뭘 하고 살았기에 자식에게 방 하나를 못 만들어 주는가. 아빠와 엄마는 매일 아침 7시면 집을 나가 종일 일하고, 휴가도 제대로 못 내며, 아파도 힘들어도 빠지지 않고 개미처럼 일하는데 우린 왜 그 흔한 집 하나가 없는 건가. 비가 오면 곰팡이가 가득 피고, 걸핏하면 보일러가 고장 나고, 해도 안 들며 방문은 다 썩어서 닫히지도 않는 이 집을, 4년이나 더 살게 되었다고 감사하게 생각해야 하는 건가. 막차를 탔다고. 씨발, 그 막차는 대체 어디로 가는 막차이기에. 가슴에 가득 뭔가가 박힌 것 같아 K는 숨이 잘 쉬어지지 않았다.

다음 날 학교가 발칵 뒤집혔다.

재현의 에어팟이 도난당한 것이다. 깜빡하고 책상 서랍에 두고 갔는데 사라졌다. 재현은 두고 간 에어팟 생각에 교문이 열리자마자 등교해 확인했는데 없어졌다. 재현은 미친놈처럼 길길이 날뛰었다. 가장 최근에 나온, 그냥도 아닌 에어팟 프로였다. 주변 아이들이 교실을 다 헤집으며 재현의 에어팟을 찾아다녀도 나오지 않았다.

"이거 김우성이 가져간 거야. 어제 걔가 제일 나중에 교실에서 나왔잖아."

재현이 큰 소리로 말했다. 아이들이 웅성거리기 시작했다. 재현이 나를 보며 물었다.

"너도 봤잖아. 어제 우리 교실에서 나오기 전에 김우성 혼자만 교실에 있었잖아. 그 새끼 자고 있었고."

K는 당황한 채 재현을 바라봤다. 어제 K는 재현과 우성보다 먼저 교실에서 나왔다. 재현이 여자 친구를 만나러 가는데 시간이 남는다고 게임 좀 하다 간다고 했다. 우성이 엎드려 자고 있었던 건 맞지만 둘 중 누가 마지막에 나왔는지는 알 수 없다.

"맞지?"

재현이 다시 물었다. K는 자신도 모르게 고개를 끄덕였다. 잘은 모르지만 여기서 아니라고 한다면 재현과는 끝이라는 걸 어렴풋이 알 수 있었다.

"미친 새끼가 뭐라는 거야?"

어느새 우성이 옆에 와 있었다. 열이 받아서인지 얼굴이 시뻘겠다. 조금만 건드려도 곧 폭발할 다이너마이트처럼 보였다. K의 심장이 미친 듯이 뛰기 시작했다.

"어제 내가 먼저 나갔잖아. 야, K. 네가 재현이랑 같이 나갔다고? 왜 거짓말해? 재현이 새끼 교실에 혼자 있었어."

"……복도에서 있다가 같이 갔어."

K는 재현의 말에 동의하면서도 자신이 왜 이렇게까지 하는지 영문을 알 수 없었다.

"좋은 말로 할 때 내 에어팟 내놔라."

"네 에어팟을 내가 왜 가져가? 나도 내 거 있거든? 그게 네 서랍에 있는 걸 내가 어떻게 아냐고."

"시험 가까워지면 도벽 생기는 거 아냐? 너 시험 점수에 존나 집착하잖아. 분노 조절 장애에 물건도 훔치나 보지."

재현이 이 순간을 벼르고 벼른 걸 K는 알 수 있었다. 학기 초 우성에게 몇 번 거절당하고 나서 재현은 그를 유난히 싫어했다. 뭐라도 걸리기만 하면 자근자근 밟아 버리겠다고 공공연히 말하고 다녔다.

빙글거리며 웃는 재현에게 마침내 우성이 덤벼들었다. 책상과 의자가 넘어지며 요란한 소리가 났고 아이들은 금세 둥근 원을 만들었다. 재현과 우성은 엎치락뒤치락하며 무자비하게 서로에게 발길질과 주먹질을 해 댔다. 반장은 아무도 들어오지 못하게 교실 앞뒷문을 잠갔다. 누군가의 코피가 터졌고 피투성이가 된 둘은 손에 잡히는 걸로 되는 대로 상대를 가격했다. 쉽게 싸움의 승패가 나지 않았다. 운동을 한 재현이 힘과 덩치가 더 좋았지만 우성은 성질과 독기가 장난이 아니었다. 둘은 헉헉거리며 우두머리 자리를 두고 겨루는 수컷처럼 싸웠다.

"담임 온다!"

망을 보던 아이가 소리를 지르자 아이들은 일사불란하게 자리로 돌아갔다. 반장은 담임이 앞문을 마구 흔들자 할 수 없이 문을 열었는데 그때까지도 재현과 우성은 바닥에 뒤엉켜 있었다. 교복 단추가 거의 다 떨어지고 머리카락은 엉망으로 헝클어진 채.

K는 이런 본격적인 싸움은 실제로 처음 봤다. 가끔 아이들끼리 툭탁거린 적은 있었지만 서로 밀고 손을 휘두르는 정도의 움직임이었다. 둘은 정말 싸우는 것처럼 싸웠다. 자신은 절대 죽었다 깨어나도 저렇게 싸울 수 없을 거라고 K는 생각했다. 당연히 이길 수도 없을 거라고. 재현의 편을 든 건 정말 잘한 일이었다.

"뭐 하는 짓들이야!"

담임의 일갈에 교실은 소리마저 얼어붙은 듯 조용해졌다. 학생 부장인 담임의 성격은 불같았다. 골치 아플 일만 남았다.

"일어나."

재현과 우성은 주섬주섬 일어났다. 무슨 일인데 이 난리냐고 묻는 말에 둘 다 대답하지 않자 담임은 반장에게 물었다.

"그게…… 재현이가 어제 에어팟을 서랍에 두고 갔는데요."

반장은 재현의 눈치를 보며 더듬더듬 대답했다.

"뭐? 학교에 고가 전자기기 가져오지 말라 그랬지?"

담임의 목소리가 한 톤 높아졌다. 그때 재현이 이어지려는 반장의 말을 가로채며 대답했다.

"아, 쓰진 않고 그냥 어쩌다 실수로 가져왔는데……."

"그래서?"

재현이 다시 입을 다물었다. 그러자 우성이 아직 가라앉지 않은 감정을 숨기지 못하고 씩씩대며 대답했다.

"제가 가져갔대요. 훔쳐 갔대요."

"네가 훔쳐 갔어?"

"제가 그걸 왜 훔쳐요!"

"한재현, 너는 왜 우성이가 그걸 훔쳐 갔다고 생각하는데?"

"어제 김우성이 제일 마지막에 교실에서 나갔어요."

"그게 무슨 증거가 돼? 네가 훔치는 거 봤어?"

재현은 무슨 말인가를 하려다 고개를 작게 저었다. 담임 앞에서 이러는 건 도움이 되지 않는다.

"네가 애초에 그런 걸 들고 다니니까 이 난리가 나는 거 아냐."

"제가 오해한 것 같아요."

담임은 생각했다. 다음 학기 교감 발령을 앞두고 있는데 담임 맡은 반에 이런 불필요한 송사가 있으면 좋지 않다. 가해자 피해자가 따로 있는 것 같지 않으니 애들끼리 사과하는 선에서 마무리하는 게 적당해 보인다. 이나 뼈가 부러지지도 않았다.

"우성이한테 사과해."

"저 새끼가 먼저 때렸어요."

"네가 도둑으로 몰았다며."

재현이 대답이 없자 담임은 으르렁거리며 말했다.

"학폭위 갈 거야, 사과할 거야?"

"……미안하다."

재현은 작은 목소리로 사과했다. 씩씩거리던 우성의 숨소리도 점차 잦아들었다.

"이제 우성이 너도 사과해. 뭐가 어쨌건 친구한테 폭력을 휘두르는 건 잘못한 일이야."

"싫습니다."

우성은 단호한 목소리로 거부했다. 도둑으로 몰리고 인신공격까지 당했다. 가만히 있는 사람이 이상한 거다. 부당한 일을 당하면 받아치는 게 맞는다고 배웠다.

"하, 쓸데없이 자존심은 세 가지고. 됐고 둘 다 반성문 써 와. 김우성 넌 두 장, 한재현은 사과했으니까 한 장."

담임은 스스로 솔로몬 같은 판결이라 생각했다. 겪어 봐서 알지만 우성은 여간 고집 센 녀석이 아니다. 괜히 사과하라고 강요하다 일이 더 커지는 수가 있다. 반성문 두 장으로 가중 처벌 했으니 됐다. 담임은 둘에게 번갈아 가며 씻고 오라고 했다. 1교시가 시작되자 아무 일도 없었던 것처럼 모든 것이 일상으로 돌아갔다.

아니, 돌아간 것처럼 보였다.

에어팟 도난 사건 이후 교실에 소문이 돌았다. 우성은 이사장의 조카가 맞고, 담임은 승진을 위해 우성의 잘못을 덮었다는 소문이었다. 도둑질을 했고 주먹도 먼저 날렸지만 아무런 처벌을 받지 않은 우성을 두고 '대단하지만 재수 없다' '얼마나 잘났기에' '부모 잘 만난 놈' '담임 우(위)의 우성' 등의 수식어가 붙었다. 아이들은 이전보다 더 우성을 미워했다. 그것은 자신이 무시당할까 봐 먼저 무시했던 소심한 배척이 아닌 불평등한 계급성에 뿌리를 둔 사회학적인 분노였다. 우성은 학교 전체에 인성이 나쁜 금수저 자식으로 유명해졌고 누군가 이를 인터넷에 올리기까지 하면서 소문은 더욱 확산되는 모양새를 띠었다.

며칠 후 조례 직전 우성은 노트북을 들고 와 아무런 말없이 교실 TV에 연결하고 영상을 틀었다.

아주 짧은 분량의 CCTV 영상이었다. 에어팟이 사라진 날의 오후 5시 55분. 우성이 교문을 빠져나온다. 학교 정문 맞은편 문방구에 달려 있는 CCTV에 찍힌 것 같다.

잠시 후 재현이 교문을 빠져나온다. 우성은 마우스로 화면의 한 부분을 확대한다. 재현의 얼굴이다. 재현의 귀에 꽂혀 있는 에어팟이 선명하게 보인다.

우성은 연결할 때처럼 아무런 설명 없이 노트북을 덮고 아이들의 시선을 한 몸에 받으며 자리로 돌아갔다.

놀라울 정도로 깔끔한 증거였다. CCTV의 해상도조차도 우성의 편이다.

그날 수업이 끝날 때까지 아이들은 모이기만 하면 아침에 본 CCTV에 대해 이야기했다. 아무리 이야기해도 지치지 않을 것만 같았다. 복잡한 수학 문제에 딱 떨어지는 정답을 쓴 것처럼 경이롭고 이상적인 증명이었다.

누군가 우성에게 사과해야 하는 것 아니냐고 말을 꺼냈다. 재현뿐 아니라 우리 모두 오해해서 미안하다고. 재현은 처음에 "이상하다. 분명히 두고 온 것 같은데."라고 말한 이래로 똥 씹은 표정으로 아무런 대답 없이 아이들의 이야기를 듣고만 있었다. 그러다 K의 짝이 무슨 새로운 발견을 한 것처럼 큰 소리로 K에게 물었다.

"근데 너, 그날 재현이랑 집에 같이 갔다며? 너 없는데?"

K는 재현을 바라봤다. 이건 네가 대답해 줘야 하는 부분이잖아, 제발. 하지만 그 타이밍에 재현은 여자 친구와 통화한다며 자리를 떠 버렸다.

"너 그냥 뻥친 거야?"

"야, 네가 그러면 안 되지. 재현이는 에어팟 잃어버렸으니까 빡 쳐서 그랬다 쳐도."

"이 새끼 황당하다. 재현이가 죽으라면 죽을 거냐? 충성심 장난 아니네?"

K는 다리가 풀려 주저앉을 것만 같았다. 왜 아이들의 화살이 내게로 오지? 그냥 친구의 요청에 도움을 준 것뿐인데. 자기들이라도 그랬을 거면서.

하지만 아무 말도 할 수 없었다. 뭐라고 말해야 할지 도무지 알 수 없었다. 그냥 이런 전개는 매우 좋지 않다고, 그동안 쌓아 온 무언가 와르르 무너지며 그 아래 짓눌려 버릴 것 같다고 느낄 뿐이었다.

그리고 다음 날부터 재현과 그의 무리는 K에게서 멀어지기 시작했다. 믿기지 않는 일이었다. 버스에서 만나도 재현은 이제 K에게 다가오지 않았다. 재현이 그렇게 정하자 누구도 K에게 다가오지 않았다. K는 빠른 속도로 교실에서 고립되어 갔다.

애초에 거짓 알리바이는 재현이 만든 거고 K는 그냥 한마디 거든 것뿐이었다. 사건의 당사자인 재현은 아무런 문제없이 아이들과 잘 지내는데 왜 자기만 이런 상황에 놓이게 된 건지 K는 영문을 알 수 없었다. K는 억울했고 분했다. 하지만 누구에게 달려들 수도 누구를 때려눕힐 수도 없었다.

점심시간 축구에 아이들이 더 이상 골키퍼로 불러 주지 않자 K는 완벽한 절망에 빠져들었다. 이제 끝났다. 이 무리에서 나의 존재는 끝이다. 남은 시간 최대한 몸을 숨기고 눈에 띄지 않게 움츠리며 견디는 방법뿐이다. 어느새 모두가 K의 천적이 되었다.

집으로 돌아오는 길, K는 골목을 걸으며 숨죽여 울었다. 우산을 쓴 행인들 누구도 K가 우는 것을 알 수 없었기에 K는 온 얼굴이 흠뻑 젖도록 울었다.

K의 자리는 아무 데도 없었다. 학교에서도, 집에서도. 그토록 노력했건만.

"밖에 아직도 비 오니?"

비어 있으리라 생각했던 집에 엄마가 있었다. 눈물인지 빗물인지로 축축해진 K의 얼굴을 보고 엄마가 물었다. K는 고개를 끄덕였다.

"너 얼굴이 왜 그래? 울었어?"

"아뇨, 비 와서 그래요."

K는 엄마와 대화하고 싶지 않았다. 누나 방으로 들어갔는데 누나가 있었다. 거지 같은 날이다. K는 방에서 나와 거실 한가운데에 우두커니 서 있었다. 옷자락과 머리카락에서 물이 뚝뚝 떨어지며 바닥에 웅덩이를 만들었다.

"얘가 왜 이래, 얼른 씻지 않고? 너 진짜 무슨 일 있니?"

엄마의 말에 누나가 방에서 나와 K의 얼굴을 빤히 쳐다봤다. K는 아무런 말도 없이 자신이 만든 물웅덩이가 점점 커지는 것을 바라봤다. 이대로 비가 멈추지 않아 집이, 온 세상이 잠겨 버렸으면 좋겠다고 생각했다. 거대한 수조처럼, 육지가 없는 늪처럼. 엄마와 누나가 말 걸기를 포기하고 TV를 틀고 저녁 준비를 하는 동안에도 K는 계속 타다 남은 나무처럼 고집스럽게 서 있었다.

"갈 곳이 없어."

K는 중얼거렸다. 갈 곳이 없다. 정말 그랬다.

다음 날 아침, 눈을 뜨니 K는 소라게가 되어 있었다. 물론 껍데기가 없는 소라게였다. 나선형의 부드럽고 연약한 복부를 끌고 무엇이든 자신을 보호할 만한 것을 찾아 헤맸지만 주위에는 아무것도 없었다. 사방은 어둡고 물로 가득 차 있다. 이끼 냄새와 물비린내가 난다. 여섯 개의 다리로 아무리 걸어도 아무리 앞으로 나아가도 다른 갑각류의 껍데기는커녕 병뚜껑 하나 발견할 수 없다.

어디선가 "하하하, 하하하." 하는 웃음소리가 들린다. 열심히 더듬이를 흔들며 소리의 근원을 찾았다. 재현이었다. 찌그러진 코카콜라 캔 반쪽을 등에 이고 의기양양하게 돌아다니고 있다. 반장도 있다. 부서진 치약 뚜껑 안에 들어가 있다. 짝도, 김우성도, 모든 반 아이가 깨지거나 찢어지거나 손상된 무언가에 몸을 반쯤 밀어 넣고 태연한 척 유유히 기어다니고 있다. 자신이 어떤 모양새인 줄 모르는 것 같다. 모두들 우스꽝스럽고 필사적이다. 필사적이어서 우스꽝스럽다.

그 순간 K는 깨닫는다. 의자 뺏기 게임처럼 어차피 껍데기의 수는 개체의 수보다 필연적으로 적다. 나도, 재현도, 우성도 누구도 그 주인은 아니다. 사실 제대로 된 껍데기란 하나도 없다. 이가 없으면 잇몸으로, 존재감이 없으면 뭐로? 근성, 눈치, 독기? 어서 아무거나 뒤집어쓰란 말이야.

끙끙대며 앓는 K를 아빠가 흔들어 깨운다. 갑작스레 눈에 들어온

형광등 불빛에 K는 온 얼굴을 찌푸린다. 아빠는 열이 있나 싶어 K의 이마를 짚어 보지만 정상 체온이다.

"얼른 일어나서 준비해라."

죽도록 학교에 가기 싫은데 몸은 아프지도 않았다. K는 밥도 안 먹고 엄마와 누나와 눈도 안 마주치고 집을 나섰다. 예상했던 대로 학교에서의 생활은 고역이었다. K는 이제 늘 혼자다. 시간은 길고 지루하게 흘렀다. 센스 있는 K는 없다. 외톨이 K만 있을 뿐. 쉬는 시간 내내 엎드려 있었고 점심시간에는 차마 혼자 급식을 먹으러 가지 못했다. 오후 체육 시간이 오기 전에 정말이지 콱 쓰러져 죽어 버렸으면 좋겠다고 생각했지만 몸에는 아무런 이상이 없었다. K는 어쩔 수 없이 강당으로 나갔다.

여덟 명씩 네 팀으로 나누란다. 공격 A팀과 수비 A팀, 공격 B팀과 수비 B팀이다. 반장과 체육부장인 재현을 중심으로 A팀과 B팀이 나뉘었고 평소의 친밀도에 따라 아이들이 이리저리 갈렸다. K는 항상 재현의 팀이었는데 이제 어디로 가야 할지 몰라 쭈뼛댔다. 그러는 사이 아이들은 모두 열을 맞춰 섰고 K만 열밖에 남아 있게 되었다. 모두 K를 바라보고 있다. 일곱 명인 줄이 어딘지 필사적으로 수를 세고 있는데 우성이 다가와 K의 팔을 잡아끌었다. 우성이 누군가를 챙기다니, 절대 없었던 일이다. 바라보던 아이들이 수군댔다.

체육 시간이 끝난 후에도 K의 팔뚝에는 우성이 잡아끌던 촉감이 그대로 남아 있었다. 놀람, 당혹, 수치, 부끄러움……. 이름 붙이기 어려운 감정들이 횡경막 안쪽에서 무작위로 떠오르고 가라앉았다.

그래서 K는 하교하던 중 운동장 스탠드에 혼자 앉아 있는 우성을 그냥 지나칠 수 없었다. 우성은 호빵인지 잡채빵인지를 먹고 있었다. K는 말없이 그 옆에 앉았다. 하나를 다 먹고 또 하나를 꺼내 먹기 시작했다. 이번에는 멜론빵이었다. 달콤한 멜론향이 K의 코를 자극하자 배가 미친 듯이 고파졌다.

"하나 더 있냐?"

"없는데."

"나 한 입만."

"싫은데?"

그래, 이런 싸가지 없는 녀석이었지. 내가 뭘 한다고. 하지만 말과 다르게 우성은 멜론빵 한 귀퉁이를 뜯어 K에게 건넸다. 입에 넣자 황홀한 단맛이 입 안을 가득 채웠다. 멜론빵은 씹기도 전에 첫눈처럼 녹아서 사라졌다.

빈 빵 봉지를 접으며 우성은 말했다.

"너도 점심 안 먹을 거면 빵이라도 사 먹어."

우성이 금방 일어나 가 버릴 것 같아 K의 마음은 괜히 조급해졌다.

"너도 급식 안 먹어?"

"안 먹어."

"왜?"

우성이 K를 흘끗 바라보며 대답했다.

"몰라서 물어보냐?"

둘은 잠시 말없이 붉게 물들어 가는 하늘을 바라보았다. 아주 잠깐, 비가 그쳐 있었다.

"아, 학원 가기 싫다."

우성이 기지개를 켜며 말했다. 우성은 K에게 별다른 감정이 없었다. 그저 K를 물처럼 굉장히 특징 없는 녀석이라고 생각했다. 옆에 있어도 없는 것처럼 혼자일 때의 공기 밀도와 다르지 않았다.

"아까는 고마웠어. 체육 시간에."

K가 불쑥 말했다. 참 별거를 다 고마워한다고 우성은 생각했다.

"고맙다는 말 말고 미안하다고 해야 되는 거 아닌가?"

재현의 거짓 알리바이에 동의했던 자신의 모습이 떠오르자 K는 무릎 사이에 얼굴을 묻었다. 잊고 있었다. 그것도 까맣게. 자신의 한마디에 우성이 더 큰 미움받는 시간이 있었건만.

"……미안해."

작지만 또렷한 목소리로 진심을 다해 K는 사과했다. 우성은 천천히 고개를 끄덕이고 가방을 멨다. 지금 일어나지 않으면 학원 시간에 늦을 것이다.

"그나저나 어깨 좀 펴고 다녀, 새끼야."

계속 무릎 사이에 얼굴을 처박고 있는 K의 어깨를 툭 치고 우성은 일어났다. K는 우성을 붙잡고 물어보고 싶었다. 어떻게 하면 그렇게 괜찮을 수 있냐고, 어떻게 하면 이 시간을 견딜 수 있냐고. 하지만 아직은 어깨를 펼 수 없었다. 아직은 고개를 들 수 없었다.

돌아오는 버스 안, 모든 것이 일몰 속에 잠겨 새빨갛게 물이 들었다. 사람들마저도. 라디오 기상 캐스터 목소리만이 선명하게 울려 퍼졌다.

"서울, 경기를 포함한 중부 지방의 장마가 고기압의 영향으로 앞으로도 일주일 이상 이어질 것으로 예상됩니다. 상습 침수 지역의 주민들은 집중 호우에 대비하셔야 하겠습니다. 올해의 기록적 장마는 벌써 50여 일째 지속되고 있는데요."

그때 누나에게 문자가 왔다.

누나

내년에 나 대학 가면 내 방 써.
비 맞고 시워하지 말고. 미친놈.

K는 쿡쿡 웃고는 차창 밖을 바라보며 생각했다. 하지만 지금은 비가 오지 않는다고. 해가 떴다 사라지는 그 기록 바깥의 시간을 이제는 알 것 같다고.

그래, 그러니까 이런 식으로,

멜론빵의 마지막 한 입처럼 말이지.

5

사과의 사생활

“쎅쓰밤이야. 쎅쓰! 밤!”

“조용히 말해.”

“난 그저 제품명을 말한 것뿐.”

상자 안에는 된소리 제품명과 전혀 어울리지 않는, 분홍색 머핀처럼 생긴 입욕제 세 개가 얌전히 들어 있었다. 이시온이 그중 하나를 들고 킁킁 돼지 소리를 내며 냄새를 맡기에 물었다.

“무슨 향이야?”

“냄새 완전 좋지? 쎅쓰밤이 입욕제 판매량 1위랬어.”

섹스를 자꾸 ‘쎅쓰’로 발음하며 연서는 킬킬 웃었다. 동시에 고개를 45도쯤 기울이고 긴 머리카락을 오른쪽 어깨로 쓸어내렸다. 그 애가 발음하는 ‘쎅쓰’라는 단어와 어울리지 않으면서 묘하게 조금쯤은 어울리는 구석이 있는 행동이었다. 연서는 그 행동을 습관적으로

1분에 다섯 번쯤 한다. 목 디스크 올 날이 머지않았다.

"재스민 향이 나."

연구자 타입의 눈을 깜빡이며 시온이 진지하게 대답했다. 그런 향을 알고 있다니 왠지 시온다웠다.

"고마워, 채연서."

"생일 축하해, 사과양!"

연서와 가볍게 껴안으며 감사를 전했다. 연서에게서도 좋은 냄새가 났다. 전에 산다던 페로몬 향수인가. 연서는 그런 면에서 우리 중 가장 빨랐다. 남자애들에게 인기도 많았다. 복도를 지나가면 모르는 아이들도 한 번씩 돌아봤다. 때문에 공주 하나에 시녀 둘이냐는 말도 들어 봤으나 웃기는 소리다. 한 번도 연서에게 질투를 느끼거나 샘난 적은 없었다. 나와 연서, 시온은 너무나 다른 타입이다. 연서, 시온뿐 아니라 세상의 모든 인간은 제각각 너무 달라서 비교하거나 닮으려 하는 건 바보 같은 짓에 불과하다.

부모님은 항상 내게 말했다. 사과는 사과의 맛이, 오이는 오이의 맛이 있는 거라고. 모두 달라서 각자 고유한 거라고. 그런 조기 교육으로 인해 자존감만큼은 만점에 가까운 나다.

청순한 외모만 놓고 보면 연서가 공부를 더럽게 못하거나 하루에도 몇 번씩 '쎅쓰' 이야기하기를 좋아한다는 걸 누구도 상상할 수 없다. 어쩌면 태어날 때부터 고개를 45도로 꺾고 태어났을지도 모른다. '목을 드러내는 것'이 포인트라고, 연서는 말했다. 연약한 목을 드러내며 상대의 무의식적인 보호 본능을 자극하는 것. 연서가 우리에게 전수한 썸 타기 첫 번째 전략이었지만 나는 단발머리이고 시온은 숏컷이다.

고등학교 입학 후 가까운 자리에 앉게 된 우연으로 우리 셋은 금세 친해졌다. 내숭 퀸 남미새 채연서와 너드 타입이나 공부엔 관심 없고 온갖 BL과 야설, 팬픽을 섭렵한 이시온, 두 언니들로 인해 어린 나이부터 이른 성교육을 받아 온 나. 각자 달랐지만 성에 관한 탐구만큼은 한마음으로 불타올랐다. 중요한 건 공부나 수험 따위로 꺾이지 않는 마음이었다. 시온의 말에 따르면 신의 마음은 어버이와 같아서 우리가 아이처럼 기뻐한다면 신도 함께 기뻐한다고 했다. 그러므로 창조주인 신을 기쁘게 하기 위해선 스스로 기쁠 방법을 찾아나가는 게 삶의 의무이다. 그런 의무라면 무엇이든 기꺼이 감당할 준비가 되어 있는 우리였다.

첫 번째 중간고사가 끝나자 교실은 더욱 조용해졌고 전운마저 감돌았다. 대입으로 향하는 맹목적인 달리기의 시작이었다. 내 눈에 그 길은 좁고 지루해 보였다. 다들 어디로 향하는지도 잘 모르는 채 열심히 트랙 위로 올라섰다. 하지만 과일 가게를 하는 나의 부모님은 언니들이 대학에 가서 술만 퍼마시고 대학생으로서의 교양을 재학 중에도 졸업 후에도 전혀 쌓을 생각 없이 등록금만 날리는 것을 목격하고선 내게 자영업이 사뭇 좋다고 어필하기 시작했다. 첫째 언니 이름을 김모과, 둘째 언니 이름을 김귤, 내 이름을 김사과로 지을 때부터 과일이 가업이 된 건 내정된 일인지도 몰랐다. 아무튼 미래의 나를 상상하면 열심히 사과를 팔고 있는 내가 가장 먼저 떠오른다. 아빠가 좋아하는 휴먼 다큐멘터리에 〈과일 가겟집 셋째 딸 사과〉 같은 제목으로 출연할 날이 온다면 가문의 영광이 될 것이다.

입욕제 상자와 시온이 선물한 카페 선불 카드를 들고 일어섰다. 트레이를 정리하는데 연서의 남자 친구가 카페 앞으로 연서를 데리러 왔다. 우리가 노는 동안 아마 놀이터에서 연서를 기다렸을 것이다. 연서가 내 등을 툭 치며 작은 목소리로 말했다.

"오늘 키스할 거임."

나와 시온이 눈을 크게 뜨고 마주 보자마자 연서는 카페를 떠났다. 긴 머리 휘날리는 뒷모습을 바라보며 우리는 누가 먼저랄 것 없이 두 손을 들어 엄지척을 날렸다.

입욕제는 분홍색으로 풀어지며 이국적인 향을 내뿜었다. 제품 설명에는 '재스민과 일랑일랑'이라고 적혀 있었다. 일랑일랑? 이상한 이름이었는데 괜히 마음이 일렁였다. 아직 아무도 들어오지 않은 집은 고요했고 언니 방에서 빌린(훔친), 유리병에 담긴 초가 타닥타닥 소리를 내며 타고 있었다. 나는 옷을 다 벗고 욕조에 들어갔다. 더 강렬해진 향이 더운 습기와 함께 얼굴로 훅 끼쳤다. 따뜻한 물 안에 눕자 내 몸도 입욕제처럼 헤실헤실 풀어지는 기분이 들었다. 머리까지 물에 잠기게 하고 눈과 코만 내민 상태로 천장을 바라봤다. 아무 소

리도 들리지 않고 새하얀 천장에 물의 무늬가 신비롭게 나타났다 사라졌다 했다. 아주 깊은 물속을 유영하는 기분이 들어 좋았다.

'지금쯤 남자 친구와 키스를 했을까.'

연서는 좋아하는 남자애한테 자기가 먼저 키스하는 게 꿈이라고 했다. 200일을 다 채우고도 손잡는 것마저 어색해하는 숫기 없는 연서 남자 친구는 그 마음을 알려나.

사귄 지 얼마 안 되어서부터 연서는 키스 타령이었다. 걔도 이론은 빠삭한데 실제로는 경험이 없다. 오늘은 야심 차게 외치고 갔으니 뭐라도 할 것이다. 키스를 하면 기분이 어떨까. 부드럽고 축축하겠지. 그렇게 입을 오래 벌리고 있으면 침은 안 흘리는 걸까. 사실 다들 침 닦으면서 키스하는데 영화에서는 안 보여 주는 걸지도 모른다. 내가 본 몇 안 되는 키스신을 떠올려 봤다. 코를 안 부딪치려고 고개를 45도쯤 기울이고…….

두 사람이 부드럽게 키스하는 장면이 떠오르자 몸이 좀 이상해졌다. 오줌 마려운 기분이라고 할까. 나도 모르게 손이 아래로 내려갔다. 얼마 전 언니들이 보던 영화 〈셰이프 오브 워터〉에서 주인공 엘라이자는 매일 욕조에서 자위를 했다. 뭐랄까 아주 간단하고 기계적으로. 그걸 보며 언니들은 역시 중년의 여성은 경험치가 다르다며 한 치의 낭비도 없는 욕구 해소 루틴을 만들어야 한다며 감탄했다. 그 장면은 영화를 안 보는 척 힐끔거리던 내게도 인상 깊었는데 식욕, 수면욕처럼 간단하게 성욕을 그런 식으로 해소할 수 있다는 걸 처음 알았다.

영화를 본 다음 날, 인터넷에 '여성, 자위'라는 단어를 검색해 보았다. 청소년에게 노출하기 부적합한 검색 결과를 제외했다며 매우 빈약한 정보가 나왔다. 해외 검색 엔진으로 들어가 다시 검색하자 풍부한 정보(?)가 쏟아졌다. 손을 이용한 자위, 기구를 이용한 자위, 샤워기를 이용한 자위, 심지어 가구 혹은 이불을 이용한 자위까지……. 애초에 쓸데없는 필터링은 왜 해 놓은 건지 청소년을 바보로 아나 싶었다. 검색에서 읽은 대로 손끝으로 클리토리스 부분을 살짝 눌러 보았다. 몇 번 반복하자 기분이 조금 더 이상해졌다. 뭔가 더 하고 싶은데, 알 수 없는 안타까움이 밀려왔다. 몸이 뭔가를 원하고 있는데 정확한 방법을 모르겠다. '클리토리스를 압박하며 자극하라'고 했는데 얼마만큼, 어디까지 해야 하는지는 나오지 않았다. 유두도 '자극'해 보았다. 유두는 내가 건드릴수록 점차 시무룩해 보였고 잠시 후 묘하게 안타까운 기분이 따라왔다. 애들이랑 인터넷에서 찾아본 '슬픈 젖꼭지 증후군'은 아니겠지. 확실히 슬픈 기분과는 조금 다른, 일종의 갈증 같은 기분이었다. 유두를 살살 누르며 다른 한 손은 좀 더 아래로 내려가려 하는데…….

"세상에 비호감 딱 두 명 있지."

"뚜비두밥~"

"어떻게 두 명이나."

"뚜비두밥~"

술에 취한 두 언니가 엄청 큰 소리로 이상한 노래를 부르며 집에 들어왔다. 뭐가 그리 웃긴지 미친 듯이 웃어 대며.

"야! 문 열어! 오줌 마려워!"

둘째 언니가 욕실 문을 쾅쾅 두드렸다. 나는 반응하지 않았다. 그러자 언니는 손잡이를 엄청 세게 내리쳤다. 문이 힘없이 벌컥 열렸다. 욕실 문은 나처럼 이 집에서 힘이 없다. 기 존나 센 언니 둘이랑 살면 누구나 그리된다.

둘째 언니는 문을 열어 둔 채로 변기에 앉더니 나를 지그시 쳐다봤다. 정확히는 내 가슴을. 나는 욕조 안에서 몸을 둥그렇게 말고 앉아 가슴을 가렸다.

"막내도 가슴이 달렸네."

"아, 빨리 오줌 싸고 꺼져!"

"언니, 막내가 가슴 있다고 유세 떨어!"

첫째 언니가 와다닥 욕실로 달려왔다. 한 명은 서서, 한 명은 앉아서 술에 취해 게슴츠레한 눈으로 나를 내려다봤다.

"야, 내 향초 사용값 3천 원 내놔!"

중얼거리던 둘째 언니가 볼일을 마치고 나가자 첫째 언니가 들어왔다. 식어 가는 물속에서 둘이 번갈아 긴 소변을 보는 것을 기다려야 했다. 정말이지 사생활이라고는 눈곱만치 없는 집안이다.

다음 날, 학교에 가자마자 연서는 나와 시온을 끌고 꼭대기 층 옥상 문 앞으로 향했다. 평소 오가는 사람이 전혀 없어 비밀 이야기를 나누기 좋은 장소였다. 우린 동시에 물었다.

"했어?"

"어, 완전."

"완전은 또 뭐야!"

시온이 연서의 어깨를 마구 두드렸다. 완전 했으면 대체 얼마나 어떻게 한 건가. 우리는 연서에게 모든 디테일을 재연에 가깝게 구사해 내라고 난리를 쳤다.

"200일이라고 준 선물이 곰 인형에 비누 장미. 센스 미쳤지? 열어 보고 울 뻔했잖아. 이게 대체 무슨 일인가 싶더라."

충격적으로 구린 선물을 받은 연서는 티 내지 않으려고 무척 애썼다. 연서가 준비한 향수를 받고 그 애는 기뻐했다. 하지만 놀이터에서 밤이 다 되도록 무슨 마음인지 연서 얼굴도 제대로 한 번 안 쳐다봤다. 연서는 서운한 마음을 넘어서 화가 나는 지경에 이르렀다.

"그래서 내가 헤어지자고 했잖아. 완전 뜬금포지?"

"걔가 뭐래?"

"완전 황당해하더니 진짜냐고 몇 번이나 물어보더라고. 마음 변한 거 다 안다고 여기까지 하자고 하니까, 아니라고 막 안절부절못하더니 울기 시작했어."

"채연서, 진짜 못됐다."

"우는데 막 눈가가 빨개지고 속눈썹이 촉촉해지는데 너무 귀여운 거야. 나도 모르게 눈물을 닦아 줬어."

연서는 남자 친구 뺨에 흐르는 눈물을 닦아 주다 그대로 입술을 포갰다고 한다. 잠시 후 연서가 몸을 떼자 남자 친구가 연서의 뒤통수를 딱 잡고 본격적으로 키스를 했다고 덧붙였다. 헐, 박력!

"울면서 하는 키스도 꼭 해 보고 싶었는데, 첫 키스에 이루어졌잖아?"

영화 같았다. 역시 모든 경험에는 튼튼한 이론이 뒷받침되어야 하는 것이 맞았다. 게다가 숙맥인 줄 알았던 연서의 남자 친구는 키스를 엄청 잘했다고 한다. 대체 키스를 잘한다는 것은 뭐고, 못한다는 것은 무엇인지 나와 시온은 너무너무 궁금해졌다. 우리가 감도 못 잡고 궁금해하자 좋은 키스에 대해 설명하던 연서는 답답해하더니 자기가 시범을 보여 준다고 했다.

"조교 시범, 오케이?"

시온과 나는 홀린 듯이 고개를 끄덕였다. 주위를 둘러보고 아무도 없는 것을 확인한 연서는 내 뺨을 두 손으로 잡고 키스하기 시작했다. 장미 향의 립글로스 맛이 나면서 믿기지 않을 만큼 말캉하고 부드러운 혀가 입 안으로 들어왔다. 머리가 핑그르르 돌았다. 코로 숨을 쉬어야 하는데 순간적으로 숨을 멈춰서 그런가 보다.

"푸하!"

연서가 입술을 떼자 나는 잠수를 마친 수영 선수처럼 큰 숨을 몰아쉬었다.

"각도는 이 정도로 하고 처음에는 입술만 살짝 대고……."

연서는 이번엔 시온의 얼굴을 붙잡고 과정을 설명하며 동시에 다시 한번 키스를 했다. 시온은 나처럼 당황하지 않고 운동 자세를 교정받는 것처럼 진지하게 키스에 임했다. 학교 복도에서 교복을 입고 열심히 키스하고 있는 연서와 시온을 보고 있자니 모든 게 조금 비현실적으로 느껴졌다. 어둡고 조금 습한 복도는 동굴 같았고 공기 중에선 비밀의 냄새가 났다. 인류에게 불을 가져다준 프로메테우스처럼 연서는 우리에게 키스를 가져다주었다. 액자처럼 걸린 창문 너머 세상 만물은 선명한 초록빛으로 빛났다. 그 격차 때문일까, 어지러움이 가시지 않았다. 이르게 시작된 매미 울음소리가 점점 커지고 있었다.

"아빠, 매미는 왜 저렇게 시끄럽게 울어?"

어릴 적 과일 가게 앞 박스에 앉아 아이스크림을 먹으며 아빠에게 물었던 적이 있다. 아빠는 땅속에 오래 살던 매미가 드디어 세상으로 나와 짝을 찾느라 구애하는 소리라고 말했다. 7년을 땅속에서 살다가 성충 매미가 되어 사는 날은 고작 7일이라며, 그 7일은 오로지 짝짓기를 위해 살아가는 거라며 덧붙였다.

"'맴맴'처럼 들리지만 실은 '나랑 해, 나랑 해'라고 말하는 거야."

"나랑 뭘 하는데?"

듣고 있던 엄마가 애한테 못 하는 소리가 없다고 아빠의 등을 세게 후려쳤다.

매미의 세계에서조차 애한테 못 할 이야기가 있는 것이었다.

세상은 19금으로 돌아간다.

연서의 희생 혹은 열정으로 우리 셋은 모두 첫 키스를 한방에 끝내게 되었다. 나는 이번 건 연습이니 절대 첫 키스로 칠 수 없다고 했지만 그 순간을 영원히 잊을 수 없을 것 같았다. 시온은 연서를 '키스의 선교자'라고 불렀다. 무지한 백성들에게 키스를 전파했으니까. 우리 셋은 그날 하루 종일 수업을 듣는 둥 마는 둥 했다. 세상에 키스보다 중요한 건 정말이지 아무것도 없었다.

며칠 후 우리는 다이소 앞에서 격전의 가위바위보를 했다. 세 번의 승부 끝에 패배자는 내가 되었다. 쓰고 있던 모자를 더 눌러쓰고 마스크를 눈 바로 아래까지 올리고 빠른 걸음으로 매장에 진입했다.

"문어발, 문어발……."

내가 중얼거리며 두리번거리자 매장 직원이 다가와 필요한 게 있냐고 물었다. 나는 고개를 황급히 내저었다. 초조하게 매장 밖의 아이들과 시선을 교환했다.

시온

8번 생활 잡화 코너로 가 봐.

시온이 카톡으로 짧고 명확하게 지시를 주었다. 물건을 찾고 셀프

계산을 하고 나오니 등과 옆구리가 땀으로 흥건했다. 아무도 나를 보고 있지 않았는데 모두가 나를 지켜보고 있는 것 같았다.

"생활 잡화일 뿐인데 왜 그렇게 쫄았어."

"그러는 넌 왜 안 들어오고 밖에서 지켜만 봤어?"

우리는 키득거리며 가방에 물건을 하나씩 쑤셔 넣었다. 의도가 불순해서일까. 마약 밀매라도 하는 것처럼 각자 재빠르게 지퍼를 닫고 마지막 눈빛을 교환 후 헤어졌다. 내일까지 리뷰를 하기로 해 시간이 촉박했다. 술 마시는 날 제외, 언니들은 저녁 7시면 들어온다. 2시간 남았다.

시온이 트위터에서 찾은 문어발 안마기에 대한 정보는 대단했다. 어깨나 다리 등을 풀어 주는 데 쓰는 휴대용 안마기지만 다른 용도로 더 많이 사용됐다. 작지만 강력한 진동 덕분에 가성비 자위 기구 대용으로 널리 알려졌다. 가격은 3천 원, AAA 배터리 세 개, 충전도 가능. 누가 보면 '어깨 결려서 샀어'라고 위장할 수 있는 점이 최고 강점이다.

우리는 키스를 넘어 오르가슴의 세계로 진입해 보기로 한 거다. 탐구의 세계는 끝이 없어라. '진리가 너희를 자유케 하리라' 미지를 향해 나아가는 인간은 뒤돌아보지 않는다. 인간으로 태어난 이상, 여자로 태어난 이상 우리는 결단코 자신의 몸에 대한 탐구를 게을리하면 안 된다.

신이 인간에게 주신 최고의 환희라고 했다. 한 번의 사정으로 끝나는 남자의 오르가슴보다 훨씬 더 다채롭고 횟수와 강도의 제약 없이 몇 번이고 천국을 만날 수 있다는데, 그렇게 좋은 거면 당연히 한 살이라도 젊을 때 경험해야 하지 않은가. 하지만 섹스는 아직 무섭고 상대도 없다. 문어발 안마기를 이용해 쉽고 간편하게 오르가슴에 도달할 수 있다니, 시도를 안 해 볼 수 없다.

집에 돌아오자마자 방문을 잠그고 베개와 이불을 꺼내 바닥에 깔았다. 언니들은 내 방에 시도 때도 없이 들어오기 때문에 혼자 있을 때 해야 한다. 충전이 되어 있지 않아 충전기에 연결한 채로 몸에 대려고 하니 줄이 짧았다. 바지를 벗은 채로 두 다리를 벽에 올리고 엉덩이를 최대한 콘센트 쪽에 붙이고 문어발 안마기를 아랫도리에 갖다 댔다. 누가 봐도 웃긴 자세였다. 하나도 섹시한 기분이 들지 않았다. 하지만 깜박하고 건전지를 사지 못했고 충전될 때까지 기다릴 시간도 없었다. 문어 대가리(?)를 손에 쥐고 인터넷 후기에서 본 것처럼 부들부들 진동하는 통통한 세 개의 문어 다리 중 하나를 클리토리스 부분에 지그시 눌렀다. 한참을 그러고 있어도 둔탁하게 간지럽기만 하고 아무 느낌이 들지 않았다. 속옷을 벗어야 하나. 하지만 문어발 안마기는 그렇게 깨끗하지 않을 것 같았다. 감염될까 봐 걱정된다. 성교육 시간 보건 선생님이 남자애들한테 자위할 때는 손을 깨끗하게 씻고 해야 한다고 했다. 후다닥 일어나 화장실로 향했다. 비누로 거품을 내고 문어를 깨끗이 씻겼다. 자위 한 번 잘못해서 병에 걸리는 일만큼은 피하고 싶다.

다시 방으로 돌아와 아까의 자세로 속옷까지 벗고 경건하게 2차 자위를 시도했다. 그리고 문어를 충전기에 연결하는 순간 픽, 하는 소리와 함께 죽어 버렸다.

"아오, 시발!"

나는 문어를 냅다 벽에 던져 버렸다. 빈 꿀통에 분노하는 곰돌이 푸마냥 하반신 탈의 상태여서인지 나의 분노가 더더욱 원초적으로 느껴졌다. 문어는 두 동강이 났다. 내구성이 3천 원짜리 맞네. 허망하기가 이를 데가 없다.

가끔 잠들기 전 이불 안에서 자위를 시도해 보지 않은 것은 아니다. 야한 ASMR을 듣거나 19금 트위터 계정들을 보거나 포스타입 같은 곳에 올라온 인터넷 게시물들을 읽다 보면 아랫도리가 찌릿해지면서 몸이 뜨거워졌다. 그러다 내 손으로 몸 여기저기를 더듬으면 점점 기분이 좋아지기보다는 어색한 기분이 들었다. 죄책감일지도 몰랐다. 질에 손가락을 잠깐 넣어 보기도 했으나 어느 깊이까지 넣어야 하는지 가늠이 되지 않았다. 잘못하다간 처녀막이 파열된다는 말을 들어서였다. 정확한 이유는 알 수 없지만 왠지 그런 일이 일어나면 안 될 거란 생각은 들었다. 사회적 금기는 확실히 내 아랫도리를 지배하고 있었다.

강 건너 불구경도 아니고 내 몸은 그런 식으로 가끔씩 뜨거워졌지만 그 불을 어떻게 꺼야 하는지 누구도 알려 주지 않았다. 어른들도 이런 시간을 지나왔을까. 아빠도, 엄마도, 할머니도, 할아버지도, 그 위의 조상들도 모두 겪어 온 전통적 불면의 밤을 지금 내가 겪고 있는지도 모를 일이다. 어쨌거나 인간은 열다섯 살 무렵부터 번식기에 들어가니까. 망할 번식기는 왜 하필 청소년기랑 겹쳤담.

언니들은 내 앞에서도 스스럼없이 19금 이야기를 한다. 나는 안 듣는 척하면서 다 듣는다. 첫째 언니는 남자 친구도 있고 섹스도 해봤다. 생각보다 그렇게 좋지 않았다고 했다. 둘째 언니는 비혼주의자이고 남자 친구도 필요 없다지만 성생활에 관심은 무지 많다. 나랑 비슷한 레벨인 주제에 나를 무시한다. 둘은 여성향 야동도 공유한다. 성인용품도 인터넷 공동 구매로 산다. 젤이니 딜도니 그런 것들. 상품명은 다른 것으로 오지만 나는 안다. 언니들이 시킨 걸 몰래 뜯어보고 원상 복구하는 건 이미 전문가 수준이다.

벌떡 일어나 언니들 방으로 갔다. 문어보다 나은 게 분명 있을 거다. 하지만 서랍을 다 열어 봐도 그들이 주문한 성인용품의 흔적을 찾을 수 없다. 옷장을 뒤져도 나오지 않는다. 대체 어디다 꼭꼭 숨긴 걸까. 그리고 둘째 언니는 대체 언제, 어디서 그런 기구들을 사용하는 걸까. 뭐 어디 학교 도서관 화장실에서라도 하고 있는 걸까. 그러다 둘째 언니의 속옷 서랍을 뒤지는데 작은 파우치를 찾았다. 안에는 거머리처럼 의뭉스럽게 생긴 손바닥만 한 기구가 들어 있었다.

'이거다.'

며칠 전 언니들이 이야기하며 흡착이 어떻고, 직구가 어떻고, 절정

5초 컷 어쩌고 하는 걸 들은 바 있다. 스마트 렌즈로 물건 검색을 하니 '위민아이저'라는 상품명이 떴다. 간편하게 여성을 오르가슴에 이를 수 있게 하는 자위 기구로 태그에는 '여성해방'이 붙었다. 문어발 안마기 따위가 감히 따라올 수 없는 프로페셔널한 섹스 비즈니스의 발명품이었다. 더 자세한 후기를 읽고 싶은데 성인 인증을 하란다. 섹스를 하겠다는 것도 아니고 나의 개인적 기쁨을 위해 자위 용품을 사겠다는데 이걸 금지시키는 이유가 뭔지 이해가 안 간다. 나는 마음이 슬퍼졌다.

성교육 시간만 해도 그렇다. 남자애들한테는 건강하게 자위하는 방법과 적절한 횟수, 운동으로 푸는 방법 등 많이 알려 준다. 남자애들은 성욕은 시각적인 자극에 약하다는 둥 어쩌고저쩌고 설명을 해 주는데, 여자애들한테는 정보가 없다. 우리는 왜 성교육 시간조차 성욕도 없는 것처럼 취급당하는지 짜증난다. 나도 걔들만큼 궁금하고 야한 걸 해 보고 싶다고!

위민아이저를 들고 한참 고민했지만 언니의 아랫도리에 댔던 물건을 도저히 내 몸에 댈 수는 없었다. 한계치를 넘어선 찝찝함이었다. 다시 제자리에 두고 가격을 검색해 봤다. 제일 기본 모델이 9만 6천 원이었다. 독일 제품이라 직구를 하면 쌌지만 미성년자라 통관 번호를 받을 수 없다.

9만 6천 원.

아주 큰돈은 아니지만 적은 돈도 아니다. 반드시 손에 넣어 후기까지 작성하고야 말겠다. 미지를 향해 나아가는 인간은 뒤돌아보지 않는다.

연서

진짜 미쳤어. 죽다 살았잖아.

우리 셋의 단톡방에 연서는 맨 처음으로 문어발 안마기의 리뷰를 남겼다. 얼마나 어떻게 좋았는지 연서는 구체적으로 언급했다. 잠시 후 시온은 '할렐루야'라고 썼다. 주님을 만나고 온 모양이다. 왠지 질 수 없는 기분이 들어 나도 완전 좋았다고 했다. 둘 다 부모님이 언제 들이닥칠지 모르는 환경이었기에 더욱 스릴 있게 몰입했다고 한다. 둘과 다르게 나는 스릴 있는 상황을 즐기지 못했다. 내 생각에 사춘기의 사생활은 참으로 지키기 힘든 것이었다. 나는 위민아이저에 대해 이야기하지 않았다. 사용 후기를 말해 주고 싶었다. 문어발 안마기 후기로 한발 뒤처진 기분이 들어서인지 다음 경험과 정보에 있어선 우위에 서고 싶었다.

알바를 구하려 했으나 학교와 학원 시간표 때문에 시간 맞는 일자리를 찾기 힘들었다. 긴축 재정에 돌입했다. 버스도 안 타고 카페, 코노, 편의점도 안 가고 당분간 용돈을 모으기만 해야 위민아이저를 손에 넣을 수 있다. 30분 일찍 일어나 학교로 걸어갔고 사고 싶은 옷이 있어 용돈을 모으는 중이라고 둘러대고 아이들과 약속을 잡지 않왔다. 편의점에서 간식을 먹지 않고 집에 와서 밥을 먹었다. 과일 가게 나가 부모님 일을 도와드리며 알바비를 받았다. 위민아이저를 향한 길은 아이러니하게도 절제의 길이었다. 부모님은 내가 철들었다며 기뻐하셨다. 마치 1교시부터 7교시까지 수학 시간인 날처럼 시간은 심하게 느릿느릿 지났다. 그러나 한 치 앞도 알 수 없는 것이 인생. 나의 첫사랑은 공교롭게도 위민아이저로 나아가는 바로 그 길목에 위치하고 있었다.

"김사과?"

여름 방학을 며칠 앞두고 혼자 가게를 보고 있는데 낯익은 얼굴이 불쑥 말을 걸었다. 같은 반인데 말해 본 적 없는, 오영후라는 남자애였다.

"너 여기서 뭐 해?"

"여기 우리 가게야."

"사과가 사과를 파네."

"아니거든. 사과가 수박 파는 중이거든."

오영후는 청량하게 웃었다. 땀이라고는 한 방울도 흘릴 것 같지 않은 상쾌한 얼굴을 하고. 새하얀 남방에서 좋은 냄새가 났다. 대화해 본 건 처음이지만 오영후는 내게 이미지가 좋았다. 공부도 적당히 잘하고 상냥하고 노래도 잘 불렀다. 지루한 오후였는데 오영후가 눈앞에 나타나자 가슴이 조금 뛰었다.

"근처 사는데, 여기 너네 가게인 거 몰랐네."

"난 알바 중."

"엄마가 수박 잘 익은 걸로 사 오랬거든? 골라 줄 수 있어?"

서당개 삼 년이면 풍월을 읊는다는데 이 몸이 과일 가게 본 투 비 17년차다. 수박 무늬와 구부러진 꼭지를 확인하고 통통 두드려 본 후 하나를 골라 오영후에게 내밀었다.

"전문가 같은데?"

"내가 괜히 과일 이름이겠냐."

"그래도 사과라 다행이다. 김참외나 김토마토 아닌 게."

나와 오영후는 계산을 하며 함께 킥킥 웃었다. 폐에 웃음이 가득 차서 둥둥 하늘로 날아가 버릴 것만 같았다. 나는 좀 음흉한 기분으로 오영후의 희고 가는 손을 몰래몰래 훔쳐봤다. 또래의 남자애와 이토록 친밀하게 대화를 나누어 본 건 고등학교에 올라와 처음이었다. 초등학교를 졸업하고 남자애들과 친해질 일이 거의 없었다.

오영후가 거대한 수박을 들고 떠나자마자 셋의 단톡방에 이 일을 보고했다.

오영후가 와서 수박 사 감. 가까이 보니 좀 잘생겼을지도?

연서

내 스타일 아니야. 끼쟁이 스타일.

나는 연서의 남자 친구를 떠올리고 혼자 픽 웃었다. 연서는 덩치

크고 순둥이 같은 애를 좋아한다. 돌쇠 스타일이랄까. 전생에 마나님이었나 보다.

그래, 너는 돌쇠한테만 쌀밥을 줘라.

연서

근데 걔 좀 소문 별론데.

무슨 소문?

연서

연애를 안 쉰다고. 거의 초등학교 때부터.

인기남의 숙명이라 이해한다.

연서

환승도 자주하고 끝이 좀 안 좋다고.

소문은 원래 과장된 게 대부분이야.

연서

아주 푹 빠졌네.

잠시 후 시온에게도 답이 왔다.

시온

오영후? 첨 듣는 이름.

시온은 같은 반 남자애 이름을 하나도 모를 거다. 관심이 1도 없다. 시온은 오직 신과 2D의 남자들만 사랑한다. 시끄럽고 살아 있는 고 2 남학생의 이름을 외우느니 애니메이션 한 편이라도 더 본다는 입장이다.

오영후에게 느낀 설렘은 공감받지 못했지만 혼자만의 것이라 생각하니, 더욱 온전하고 소중했다. SNS에 그 애를 검색했지만 찾지 못했다. 아주 잠깐 수박에 관한 대화를 나누었을 뿐인데 이럴 일인가 싶다. 걔에 관한 생각을 멈출 수 없었다.

이날 이후로 난 학교에서 오영후만 관찰했다. 오영후는 과학, 수학을 잘한다. 모둠 수행을 하면 발표는 거의 도맡아서 하는 편이다. 농구를 좋아한다. 후드 티도 잘 어울린다. 현재 여자 친구는 없는 것 같다. 급기야 오영후가 나오는 꿈을 꿨고 그 꿈이 너무 야해서 다음 날 학교에 갔을 때 걔를 볼 수조차 없었다. 멀쩡히 걸어가다 뚜껑 열린 맨홀에 훌라당 빠진 것처럼 마음이 시작되었다. 그것은 사고 같은 거였다. 그냥 사고도 아닌 대형 사고, 아니 천재지변.

수업 시간 내내 오영후의 옆모습을 흘끗대다 하루가 다 갔다.

"김사과! 우리 엄마가 수박 완전 잘 골랐대."

하교하는 길에 오영후가 자전거를 끌고 나오며 말을 걸었다. 속으로 기쁨의 호들갑 댄스를 추고 있는데 오영후가 자전거를 타지 않고 나와 나란히 걷기 시작했다.

"자전거 안 타?"

"체인이 빠졌어."

오영후와 나는 그늘 아래로 천천히 함께 걸었다. 이 길이 끝나지 않았으면 싶었다. 함께 걷는 나와 영후를 봤는지 단톡방이 난리가 났지만 지금은 카톡할 때가 아니었다.

"늘 가게에 있어?"

"보통은 부모님이 계시고 배달 가시거나 도매 시장 가실 때 내가 가게를 보는 거지."

"난 네가 또 수박 골라 주면 좋겠는데. 번호 물어봐도 돼? 너 있는지 확인하고 가려고."

심장과 얼굴이 동시에 터져 버릴 듯했으나 짐짓 태연한 척 고개를 끄덕였다. 영후는 휴대 전화를 내밀었고 파들파들 떨리는 손가락을 감추려 애쓰며 내 번호를 찍었다. 그 애는 바로 통화하기를 눌러 내게 전화를 걸었다. 빼박이다, 번호 교환. 이게 꿈인지 생시인지.

돌아오는 길에 보이는 모든 것이 아름다웠다. 지나가는 사람도 개도 나무도 하늘도 차도 집도 모두 총천연색으로 눈이 부시게 빛나고 있었다. 태어나 지금까지 껴 왔던 세피아 빛 필터를 갑작스럽게 제거한 것처럼 세상은 마침내 선명해졌다.

여름 방학이 시작됐고 오영후와 난 매일 연락하는 사이가 되었다. 대체 완벽한 오영후가 나의 어디를 좋아하는지 모르겠지만 그 애는 내게 자주 '귀엽다'고 했다.

"사실 그날 자전거 체인, 내가 뺀 거야."

과일 가게 와서 과일은 안 사고 나와 종일 시시덕거리다 돌아서면서 영후는 이렇게 말하고 도망치듯 가게를 떠났다. 그런 그 애의 뒷모습에서 치사랑의 사랑스러움을 느끼지 않을 수 없었다. 앉으나 서나 오영후에 대해 생각했다. 바야흐로 내 인생의 첫 연애가 시작됐다.

영후와 나는 매일 밤늦게까지 통화했다. 방학 중이라 가능했다. 언니들은 내가 누구와 사귄다는 사실을 금방 알아채고 나를 놀려 댔다. 특히 대학생이라 방학이 더럽게 긴 둘째 언니는 내 연애에 관심이 너무 많았다. 통화 중에도 방에 불쑥 들어와 휴대 전화에 귀를 대고 영후의 목소리를 엿듣는가 하면 영후를 만나러 나갈 때 이런저런 잔소리도 전담했다.

"치마 너무 짧아. 말로 할 때 갈아입어라."

"뭐래. 꼰대 꺼져."

또 어떨 때는 말도 안 되게 급진적이었다.

"콘돔이야. 초박형."

그러면서 내 손에 콘돔을 쥐여 줬다. 내가 콘돔을 내던지자 언니는 다시 주워 가방에 넣으며 말했다.

"막내야, 임신은 절대 안 돼."

둘째 언니가 연애를 못 하는 이유를 알겠다. 눈치도 센스도 없고 마음만 앞선다.

내가 어떻게 영후와 섹스를 할 수 있단 말인가. 눈만 마주쳐도 수

명이 다한 별이 폭발하듯 산산조각이 날 것만 같은데. 누군가를 좋아하면 좋아할수록 상상력이 고장 난 것처럼 그 애를 내 망상의 주인공으로 만들 수가 없었다. 누가 내 머릿속을 들여다보는 것도 아닌데 너무 부끄러웠다. 끝까지 잘 상상할 수가 없었다. 그러니까 결정적인 장면 같은 것들. 뇌내망상이 취미인 나도 내적 비명만 지르다 끝나고야 만다.

게다가 더 중요한 건, 나는 아직 섹스를 하고 싶은 생각이 없다. 내가 원하는 건 오르가슴일 뿐이다. 나무 위키를 읽어 보면 성관계를 통해 오르가슴에 이르는 여자들의 확률은 20퍼센트도 되지 않는다. 곰곰 생각해 본 결과 낮은 만족도에다 임신 위험성까지 안고 가기엔 십 대의 섹스는 무리가 있다. 나는 내가 너무 소중하기 때문에 만에 하나라도 그런 상황을 만들고 싶지 않다. 룸 카페나 놀이터 구석탱이에서 내 처음을 맞이하고 싶지도 않다. 술에 취해서도, 급하게 쫓기듯 의구심에 찬 채 불안한 환경에서 하고 싶지도 않다. 언젠가 모든 여건이 완벽할 때 '사랑을 나눈다'는 말에 맞게 첫 경험을 하고 싶다. 그게 먼 미래의 영후라면 좋겠지만 지금은 싫다.

그러므로 남자 친구가 생겼어도 나의 목표는 수정되지 않았다. 데이트를 하느라고 생각보다 돈 모으기가 빠듯했지만 가게 알바 시간을 늘려 수입이 조금 늘었다. 엄마 아빠는 내가 가게를 잘 봐 주자 몹시 좋아했다. 과일도 잘 고르고 인사도 상냥하게 계산은 빠릿빠릿.

내가 봐도 괜찮은 일꾼이었다.

마침내 모으고 모은 돈으로 위민아이저를 영접했다. 평소 외우고 있던 엄마의 주민 등록 번호를 이용해 아이디를 만들었다. 언니들이 택배를 받지 않도록 주문 후 집을 지켰다. 벨이 울리면 제일 먼저 뛰어나갔고 문 앞에 그냥 두고 갈까 싶어 바깥의 소리에 온 신경을 곤두세웠다. 한 마디로 멍멍이같이 굴었다. 이틀 후 작은 박스는 무사히 내 앞으로 배송되었고 아무도 없는 집에서 그 성능을 시험해 볼 수 있었다.

위민아이저는 사용법이 간단했다. 그 어떤 준비 과정도 필요 없었다. 동그란 부분을 클리토리스에 대면 10초 안에 오르가슴에 이를 수 있다. 연속적으로 서너 번도 가능했다. 더 할 수도 있지만 그러면 짧은 시간 온몸의 수축이 강력하게 반복돼 피로도가 너무 높아져 그 정도가 적당했다. 참으로 효율적이고 군더더기 없는 기구였다. 만족한 나는 사이트에 리뷰도 올렸다.

아이디 **appl****

학생이지만 돈 모아서 샀어요. 미성년자라고 못 사게 하는 건 좀 이해가 안 돼요. 이틀에 한 번 꼴로 샤워를 하면서 위민아이저를 사용하고 있어요. 물 세척이 가능해 사용 후 바로 씻어서 보관하면 되니 편해요. 이런 훌륭한 자위 기구를 발명하다니 독일 사람들은 위대합니다. 저의 인생은 위민아이저를 사용하기 전과 후로 나뉘었어요. 깔끔하고 물리적인 방법으로 성욕을 지배할 수 있게 되었습니다.

몇 시간이 지나 확인해 보니 리뷰가 지워져 있었다. 설마 학생이라고 쓴 부분 때문일까 싶어 오기가 발동한 나는 다시 같은 리뷰를 올렸다. 리뷰는 또 지워졌고 나는 또 올렸다. 또 삭제. 와, 이게 뭐라고 이렇게까지? 같은 리뷰를 열 번 정도 연달아 올렸다. 잠시 후 들어가 보니 아이디가 정지되어 있었다. 이해가 안 갔다. 여성 해방이라더니 여성 청소년은 해방 좀 되면 안 되는 건가. 미성년자 아이돌이 엄청 야한 옷을 입고 나와 트월킹 추는 건 되고, 이건 안 되고?

서랍에 굴러다니는 첫째 언니 주민 등록증을 이용해 새 계정을 만들어 글을 올렸다.

아이디 appl2**

청소년 유저입니다. 안전하고 깨끗한 방법으로 자위를 하기 위해 구입했습니다. 저와 비슷한 또래의 친구들도 참고할 수 있게 지우지 말아 주세요. 효과적이고 좋은 기구이니 다른 방법 말고 위민아이저를 구매하길 추천합니다.

잠시 후 글이 지워지는 대신 댓글이 달렸다.

 아이디 **판매자**

↳ 성인용품은 19세 이하의 청소년에게 판매가 불가합니다. 대리 구매나 불법적인 방법으로 구입하신 것 같은데 당당하게 글을 올리셨네요. 저희 회사는 법을 준수합니다. 다른 분들 이용에 참고하시기 바랍니다.

맞는 말뿐이라 묘하게 열받았지만 지우지 않은 게 어딘가 싶었다. 단톡방에 구매 링크와 메모장에 저장해 둔 두 개의 후기를 함께 올렸다. 다들 돈 모아서 사라고, 두 번 사라고 강조했다. 이렇게 열심히 영업을 하고 있는데 그 회사는 고마운 줄도 모르고 불법 어쩌고를 운운하다니.

연서

오, 좋은 정보 감사. 근데 난 이제 다음 스테이지로 가 볼 생각이야.

다음 스테이지? 진심?

연서

피임약도 샀어.

미성년자가 피임약을 먹으면 몸에 안 좋을 것 같은데.

연서

자위 용품 구입한 미성년자한테 들을 소리인가.

시온

난 문어로도 만족해. 돈 없어.

어디서 하게?

연서

걔네 집. 부모님 맞벌이라 늦게 오심.

시온

만화나 영화 보면 한창 중에 부모님 들어오시던데. 열에 아홉.

그것도 그렇지만 진짜 임신이라도 하면
어쩌려고ㅜㅜ 안 무서워?

연서

별로. 피임약 나 벌써 먹고 있어. 일주일 됐어. 이 주는 먹어야 안전하대.

당황해선지 말문이 막혔다. 열일곱 살. 섹스에 적합한 나이는 아닌 것 같은데 그게 누가 정한 기준인지 모르겠다. 조선 시대에는 모두 스무 살 이전에 성 경험을 하고 임신도 했다. 뭐 그렇게 치면 머리도 1년에 한 번만 창포물에 감아야 하겠지만. 마음이 복잡해진 채 카톡방을 닫았다. 연서도 생각이 있겠지. 그렇지만 적어도 지금은 연서가 연서를 가장 사랑하면 좋겠다. 그 사랑을 뛰어넘는, 더 사랑하는 누군가를 만날 때까지 조금만 기다렸으면 좋겠다. 카톡으로 할 이야기는 아니다. 연서와 만나서 이야기해 봐야겠다.

조금 무거운 마음으로 가게에 출근했다. 오늘 엄마와 아빠는 동네 지인들과 부부 동반 모임이 있다며 마감까지 해 달라고 했다. 시급이 싼 알바가 생겨서인지 둘이 아주 신났다. 그래도 영후가 거의 매번 놀러와 주니 다행이다.

더운 날이어서 지나다니는 개미 새끼 한 마리 없었다. 영후가 사 온 버블티를 마시며 느슨하게 앉아 이런저런 이야기를 나누었다. 영후는 내가 체육 시간에 뜀틀을 씩씩하게 옮기는 걸 보고 관심이 생겼다고 한다. 보통 커다란 물품은 남자애들이 옮기거나 여자애 둘이 함께 옮기는데 장군처럼 혼자 번쩍 드는 모습이 인상 깊었다고. 그게 다 과일 박스를 어릴 때부터 옮겨 온 자의 단련된 코어 근육 덕분이라고 말하자 영후는 크게 웃었다. 달콤하게 익어 가는 과일 속에서 소리 내어 웃는 영후가 좋았다.

그 애의 옆모습을 바라보다 나도 모르게 홀린 듯 영후에게 입을 맞추었다. 새가 얼결에 부리를 부딪친 것처럼 짧고 어설픈 입맞춤이었다. 연서의 영향을 받지 않았다고 말하긴 힘들다. 영후가 나를 바라보았다. 밖엔 석양이 지고 있었고 가게 안은 좀 더 어두워졌다. 불을 켜야겠다고 생각하는데 몸이 움직이지 않았다. 놀란 표정이 사라진 영후가 고개를 살짝 기울이며 다가왔다. 와, 정말 키스할 때 사람들은 고개를 이런 각도로 꺾는구나. 영후의 혀가 입 안으로 들어오자 머릿속은 더더욱 오만 가지 생각들이 종횡무진 했다. 연서의 입술과 다르게 뭔가 거칠거칠했다. 혀에 너무 힘이 많이 들어간 거 아닌가. 아악, 입천장을 쓸고 있네. 잠깐 입 안으로 혀가 더 들어오면 기도가 막혀 버리겠어.

연서와의 키스 연습을 괜히 했는지도 모른다. 이렇게 빨리 실전에 돌입할 줄 알았다면. 하지만 키스는 생각보다 좋지 않았다. 속으로 계속 '그만'을 외쳤다. 하지만 영후는 완전히 몰입한 듯했고 내 등과 허리를 만지작거리더니 손을 슬며시 앞으로 옮겨 왔다. 이러다간 연서보다도 먼저 '다음 스테이지'로 나갈 판이었다. 수박과 복숭아, 자두 무더기 사이는 진도를 나가기에 적합한 장소가 아니다. 나는 내 가슴에 거의 도달한 영후의 손목을 힘껏 잡았다. 생각보다 더 힘이 들어가 거의 꺾은 것 같기도 하다. 영후가 어억 하고 낮은 비명을 질렀다. 동시에 몸이 떨어졌고 약간 취한 듯한 눈을 한 영후는 아까보다 더 놀란 표정이었다.

"미안, 그렇지만 누가 올지 몰라."

"아……. 그럼 혹시 저 뒤쪽으로 갈래? 창고는 아무도 안 오잖아. 화장실 간 줄 알 거야."

영후는 뭔가를 더 진행하길 원하고 있었다. 청량하기가 포카리스웨트 같던 영후가 어떤 욕망에 휩싸여 안절부절못하는 모습을 보니 낯설었다. 나는 조용히 나의 소신을 밝혔다.

"우리 키스까지만 하자. 그 이상은 싫어."

"빠른 게 싫은 거야?"

"아니, 진도 나가는 게 싫은 거야."

"널 좋아하니까……. 그래서 그러는 거야."

"알아. 나도 그래. 그렇지만 그거랑 이거는 달라."

"먼저 키스해 놓고……."

가게도 거리도 완전히 어둠 속에 잠겼다. 어색한 침묵이 흘렀다.

"화장실 좀 다녀올게!"

일부러 쾌활하게 말하며 일어나 가게 불과 간판 불을 켰다. 가게 밖으로 나오자 아직도 뜨거운 햇볕의 열기가 훅 올라왔다. 태양이 아주아주 지구에 가까워져 있는 게 느껴질 만큼. 등에서 미지근한 땀이 주르륵 흘렀다. 모든 게 조금쯤은 녹아내린 것처럼 보였다. 나무도 건물도 사람들도 여름밤 속에서 미세하게 흔들렸다. 어쩌면 흔들리는 건 그것들이 아니고 나뿐인지도 모르겠다.

얼굴에서 온통 침 냄새 같은 게 나서 찬물로 세수를 했다. 입술이 살짝 부었다. 인간의 키스란 생각해 보면 참 이상하다. 서로 침을 묻히고 핥고 혀를 넣고, 낯설게 바라보면 그처럼 이상한 게 또 없을 정도다. 근데 왜 이렇게 쓸쓸한 기분이 드는지 모르겠다. 가을이 오려면 아직 멀었는데 서늘한 바람 한 줄기가 마음을 가로지르는 듯하다. 내가 느끼는 이 감정을 영후도 느끼는지 궁금하다.

'물어봐야지.'

가게로 돌아오며 그리 생각했지만 영후에게 물어볼 기회는 영원히 주어지지 않았다.

개학일. 그날이 오지 않기를 바랐는데 시간은 무심히 흘렀다. 오영후와는 그날 이후로 연락이 되지 않았다. 한마디로 잠수 이별을 당한 것이다. 가게로 돌아가 보니 영후는 사라지고 없었다. 뭘 잘못한 건지 그날의 내 행동을 돌이키고 또 돌이켜보며 남은 방학을 모두 흘려보냈다. 내가 더 이상 밤에 통화하지 않고 가게에 알바도 나가지 않자 가족들은 내 짧은 연애가 끝났음을 알아챘다. 언니들의 놀림도 부모님의 걱정을 가장한 잔소리도 견뎠지만 개학 후 그 애의 얼굴을 어떻게 봐야 하나 하는 고민에 밤에 잠도 오지 않았다. 연서와 시온의 위로도 소용없었다.

연서

그러니까 CC를 하면 그게 문제야. 난 절대 네버 CC 안 할 거야.

시온

그래도 그렇게 도망간 거 너무 비겁하다. 역시 그냥 2D가 짱인 듯.
사과야, 나와 함께 고죠 사토루를 영접해 보지 않으련.

연서

그러게. 그냥 관대하게 내버려 두지 그랬어. 닳는 것도 아니고.

시온

야, 그건 아니지. 너 성인지 감수성 후지다.

연서

뭐래. 넌 섹스를 트위터로만 배웠으면서.

시온

그래서 넌 오프라인으로 해 보려는 거야?

연서

아 몰라, 약 열흘 먹었는데 생리해. 이거 왜 이런지 아는 사람?

나와 시온이 알 리가 있나. 카톡은 그렇게 끝났다. 연서의 생리 이야기에 안도감이 들었지만 터덜터덜 학교로 향하는 발걸음은 무겁기만 했다.

오영후에게 물어보고 싶었다. 정말 그날 일 때문에 내가 차인 건지. 그게 맞다면 그냥 한심해하며 돌아설 수 있을 것 같은데, 만에 하나 다른 이유가 있을까 봐 내가 모르는 나의 잘못을 놓친 걸까 봐 마음이 좋지 않았다.

교실에 들어서는데 공기의 흐름이 이상했다. 남자애들 몇몇이 자꾸 나를 힐끔거렸다. 대놓고 오래 내 얼굴을 쳐다보는 애도 있었다. 다른 반 애가 내 이름을 대고 찾아와 얼굴을 보더니 비웃는 것처럼 빙긋 웃고 가 버리기도 했다. 기분이 점점 더러워졌다. 대체 무슨 일이 벌어지고 있는지 알 수 없었다.

오영후는 수업 시작 몇 분 전 교실에 들어왔다. 나는 그 애를 뚫어지게 쳐다봤는데, 그 애는 내게 눈길도 주지 않았다. 재수 없었다. 불과 며칠 전 내 얼굴에 온통을 침을 발라 놓은 녀석이 이렇게 사람을 쌩까다니.

쉬는 시간, 나는 더 참지 못하고 오영후에게 갔다.

"얘기 좀 해."

"무슨 얘기?"

"야, 이별에도 예의가 있는 거야."

"이별은 무슨. 우리가 그렇게 막 깊이 사랑하고 뭐 그런 사이도 아니고……."

우리의 입씨름은 모두의 구경거리가 되어 가고 있었다. 열받은 나는 소리를 빽 지르고 말았다.

"지금 너랑 안 했다고 이러는 거야?"

"오오오오."

듣고 있던 애들이 환호성을 지르며 박수를 쳐 댔다. 연서와 시온이 달려와 내 어깨를 안으며 그만하라고 했지만 그만두고 싶은 생각이 전혀 들지 않았다.

"김사과, 너 진짜 모르는 모양인데 나는 네가 개변태라서 찬 거야."

오영후의 입에서 나온 말에 눈앞이 새하얘졌다.

"뭐? 개변태?"

어이없는 단어의 등장이었다. 누가 누구더러 개변태라는 거지?

"너 맨날 자위한다며. 자위 기구 리뷰도 쓰고. 여자애들이 그러는 건 상상도 못 했네. 뒤에서 호박씨 까는 것도 아니고."

모든 소리들이 웅웅 내게서 멀어져 갔다.

그러니까 그날 오영후는 내가 화장실에 간 사이 내 휴대 전화를 봤다. 내가 설정해 둔 멍청한 비밀번호는 우리가 처음 사귀기로 한 날이었다. 단톡방에 올린 링크와 리뷰를 봤고 내가 메모장에 혼자 보려고 써 둔 오르가슴 기록들도 다 봤다. 거절당해 자존심이 상할 대로 상한 오영후는 그 글들을 자기 휴대 전화에 저장했고 며칠 후 고민 상담이랍시고 친구들과의 단톡방에 올렸다. 연서와 시온이 빼앗은 오영후 휴대 전화에서 그것들을 확인할 수 있었다. '먼저 키스하고 덤비더니 몸을 뺐다' '만질 가슴도 없으면서 비싸게 군다' '하자는 건지 말자는 건지 헷갈리게 군다' '적극적일 때는 언제고 나도 상처받았다' 거기에는 영후와 나의 첫 키스 순간이 그 어떤 표현보다 더러운 언어로 전시되어 있었다. 그중 누군가는 나를 '딜도녀'란 별명으로 부르자고 했다. 무식한 놈들, 그건 딜도가 아닌데. 더 황당한 건 단톡방의 한 명이 단톡방 대화를 인스타 릴스로 만들어 올렸다는 것이다. 팔로워에 환장한 놈의 짓이었다. 단톡방에 올라온 링크를 타고 들어가 보니 엄청나게 많은 사람들이 릴스를 봤다. 단톡방 대화는 실명으로 올라가 있었고 영후의 여자 친구였던 나를 추측하기 어렵지 않은 상황이었다. 실제로 댓글에 내 이름이 여러 번 거론되었다.

"오영후, 너네 다 미쳤냐? 이거 범죄야."

"아, 그래? 그럼 신고하던가."

오영후의 야유에 무언가 머릿속에서 툭 끊어짐을 느낀 나는 휴대 전화를 들어 그 자리에서 112에 신고했다.

"여기 ㅇㅇ고등학교 1학년 6반인데요. 사이버 성범죄로 오영후라는 남학생이랑 김ㅇㅇ 신고할게요. 제 프라이버시를 인터넷에 불법으로 유포했어요."

누군가 교무실에 알렸는지 담임과 학생부 선생님이 달려왔다. 우리를 둘러싼 아이들이 점점 더 늘어났다.

"너도 처벌받을걸? 불법적으로 딜도 샀잖아."

"그게 네가 한 짓보다 큰 죄 같냐?"

"와, 너 진짜 당당하다. 무슨 여자애가 부끄러움이 없냐?"

"뭐? 내가 뭘 부끄러워야 하는데? 자위? 그래. 내가 했다. 그래서? 그게 뭐 더러운 거야?"

몇 명이 이상한 환호성을 내지르며 박수를 쳐 댔고 누군가는 분노하는 나를 동영상으로 촬영했다.

"야, 이건 아니지."

조용히 지켜보던 다른 남자애가 촬영하는 애의 휴대 전화를 빼앗았다.

"시발. 너 같은 쓰레기랑 섹스 하는 것보다 백배 낫거든. 자위하는 게 뭐 어떻다고!"

그때 누군가 급하게 내 입을 틀어막았다. 담임이었다. 버둥거렸지만 담임은 의외로 손아귀 힘이 셌다. 내 입을 막은 채 나를 교무실 쪽으로 질질 끌고 가기 시작했다.

"와, 진짜 말세가, 이런 말세가 다 있어."

중얼거리는 담임에게 진한 향수 냄새가 났다. 연서가 산 페로몬 향수와 비슷한 향이었다. 같은 것일지도 모른다. 창밖에선 아직도 짝짓기에 성공하지 못한 매미가 목 놓아 울고 있었다.

'나랑 해, 나랑 해.'

매미의 울음소리 사이로 경찰차 사이렌 소리가 들려왔다.

"제 몸에 손대지 마세요!"

온 힘을 다해 담임의 손을 뿌리쳤다. 눈물이 터질 것 같았지만 죽을힘을 다해 울지 않았다. 끌려가야 할 것은 내가 아니고 오영후와 단톡방 남자애들이다. 담임이 다시 내게 다가오자 연서와 시온이 보디가드처럼 달려와 양옆에서 나를 감쌌다. 나를 바라보는 수십 개의 눈동자들이 경광등처럼 어지럽게 빛난다. 담임의 손 때문에 목구멍에 걸려 버린 '자위'라는 단어가 딸꾹질이 되어 비어져 나왔다.

여성 해방 너무 어렵다. 대한민국 해방보다 더 힘든 걸지도 몰라. 딸꾹질을 하며, 그런 생각을 했다. 예상치 못한 길고 힘든 싸움이 시작된 건지도 모른다. 하지만 가늘게 떨리는 손으로 나를 꼭 붙잡은 채 버티고 있는 두 친구의 체온을 느끼며 뭐가 됐든 이 싸움에서 절대 이기겠다고, 나는 다짐했다.

작가의 말

단편선은 장편과 달리 한 호흡으로 쓰는 게 아니기 때문에 각각의 원고를 쓰거나 발표한 시간, 계절이 제각기 담겨 있다. 다시 모아 두고 정리하면서 각 원고가 만난 지면과 독자분들에 대해 생각하니 한없이 애틋한 마음이 든다.

표제작인 「사과의 사생활」은 여성 청소년의 성교육에 관련해 목소리를 내고 싶어 쓰게 됐다. 현재의 학교 성교육은 임신과 출산, 남성 청소년의 성욕과 해소에 보다 초점이 맞춰져 있다. 여성 청소년들을 위한 성교육은 다음 두 가지 영역을 크게 벗어나지 않는다.

훗날 임신을 위한 기관로서의 신체를 소중히 해야 한다거나 원치 않는 임신으로부터 스스로를 보호하기 위한 피임 방법. 사실 이조차도 많이 발전한 것이라는 것도 알고 있다. 이 정도의 성교육도 과하다고 반대하는 목소리가 있다.

하지만 우리는 더 나아가 그들의 욕망을 인정하고 이해하고 건강하게 해소할 수 있는 방법까지도 함께 고민해야 한다고 생각한다. 혈기왕성하게 성욕이 끓어오르는 건 10대 남자애들뿐만이 아니다. 음지화된 호기심을 SNS 상의 일탈계, 섹트 이런 것들로 해소하려고 하다가 범죄와 연결되고 위험한 상황에 노출되기도 한다. 가끔 양육자들은 '굳이 알 필요 없는 것들'을 지금 알아야 하느냐고 묻는다. 당연하다. 지금 알아야 한다. 나중에 어떤 루트로 알게 될지 상상력을 발휘해 볼 수 있다면 '지금', '여기서', '제대로 된' 어른들이 알려 주는 게 가장 낫다. 여성 청소년의 몸과 욕망에 대해 더 많은 이야기들이 나오길 바란다.

「껍데기는 하나도 없다」는 『우리들의 일그러진 영웅』이 1999년도 교실의 모습이라면 2022년의 교실은 어떨까 생각하다 나온 원고다. 남학생 교실이 배경이어선지 남자 중고생의 지지를 열렬히 받아 단편으로는 드물게 강연으로 수많은 학교를 방문했다. 낭독극 공연과 함께했기에 조는 아이들 하나 없이 똘망하게 나를 쳐다보던 수많은 눈동자들이 지금도 떠오른다.

「나와 함께 트와일라잇」은 이전에 낸 장편소설 『오, 사랑』의 외전 같은 단편이다. 『오, 사랑』에서의 주인공은 사랑이었지만 여기서 주인공은 솔이다. 솔이의 과거와 미래를 그렸다. 『오, 사랑』에서 런던에 외롭게 두고 온 솔이가 그 이후에도 내내 마음에 걸려 기어이 외전까지 쓰고야 말았다. 이 글을 쓰고 나서야 비로소 뚜벅뚜벅 씩씩하게 걸어 나가는 솔이의 뒷모습을 상상할 수 있었다. 홀로 단단한 어른이 되어 가는 솔이 같은 친구들을 마음을 다해 응원하고 있다. 바람도 햇볕도 온 지구적 에너지와 태양계도 모두 힘을 합쳐 널 응원해.

「에버 어게인」은 나의 좁았던 시야를 열어 준 기회가 된 원고이다. 청소년 소설을 써 오며 막연하게 '대학을 준비하는 인문계 학생들'을 독자들로 상정해 두었던 것 같다. 실업계 학생들, 이른 취업을 나가 학교와 직장 중간에 걸쳐져 있는 반 학생 반 직장인들, 더 나아가 학교 밖의 청소년들을 소외시키지 않는 이야기를 더 많이 써야겠다고 다짐한 계기가 되었다. 산업체 취업과 사고들에 대해 자료 조사를 하고 관련 사건들을 읽는데 화도 나고 많이 슬펐다. 자본의 논리를 넘어 무엇보다도 아이들을 먼저 보호할 수 있는 사회가 되었으면 한다.

「할머니의 유튜브 재생목록」은 나의 사춘기 딸과 할머니가(나에겐 엄마) 서로를 이해하진 못하지만 완벽히 사랑하는 모습을 보고 그 모습을 남기고 싶어 쓰게 되었다. 나이 듦과 상관없이 나답게 살아가는 효리 할머니의 모습은 나의 엄마에게서 가져온 것이었다. 그런 엄마가 올해 3월 3일, 갑작스런 하반신 마비로 쓰러졌다. 쓰레기를 버리러 나갔다가 다리에 힘이 들어가지 않아 주저앉았고 그 뒤로 다시 일어나지 못하고 있다.

큰 딸인 나는 지난 몇 개월 엄마 병원과 강연 등을 다니며 깨진 물병처럼 줄줄 울고 다녔다. 집에서도 버스에서도 택시에서도 기차에서도 길에서도. 창피했지만 눈물이 잘 멈추지 않았다. 할 수 있는 일이 없어서 무력감에 더 그랬다. 그러는 사이 봄꽃이 다 졌고 무더운 여름도 지독했던 장마도 지나가고 어느새 가을이 코앞이다. 며칠 전 엄마는 퇴원하면 쓸 휠체어용 장구대를 주문했다. (엄마는 문화센터 고고장구 강사다) 앉아서 추는 춤도 개발, 연구 중에 있다.

일흔두 살의 우리 엄마는 내가 눈물이나 짜고 돌아다니는 동안 제2의 인생을 고민하고 실행하기 위해 애쓰고 있었다. 그게 다가 아니라는 걸 알지만, 결국엔 그게 다일 것이다. 다시 한번 나아가고자 하는 마음.

그 마음에 기대어 글을 쓴다. 좀 더 용감해져야겠다. 좀 더 강해져야겠다. 좀 더 선량해져야겠다. 늘 강인하고 총명했던 우리 엄마에게 누가 되지 않게. 딸로서, 변변찮지만 다음 세대의 후배로서, 더 나은 사람으로 성장하고 싶다. 10대의 딸에게도 40대의 내게도 70대의 엄마에게도 누구에게나 공평하게 성장에는 때가 없는 법이니까.

조우리

특별 대담

나에서 너, 우리로 확장하는 세계
관념과 편견을 넘어서는 새로운 연대

김영희 ◆ 대평고등학교 국어 교사. 팟캐스트 〈유희책방〉 운영.

이민수 ◆ 마곡중학교 국어 교사. 『함께 읽기 좋은 날』 저자.

장재영 ◆ 학교 안팎을 연결하고 싶은 초등 교사. 『지금 시작하는 평등한 교실』 공저자.

1. 나이를 둘러싼 규범에 관하여

김영희 일반적으로 '사랑'에 대해 이야기할 때 노인들의 사랑은 그 범주에 잘 들어가지 않는 경우가 많아요. 하지만 첫 번째 작품인 「할머니의 유튜브 재생 목록」은 청소년 당사자가 아닌 할머니의 사랑을 그렸다는 점이 인상적이었어요. 이 작품이 청소년 소설이라 더 생소하다고 느꼈고요. 청소년들은 주변인의 다양한 사랑 이야기를 어떻게 받아들일까요?

장재영 청소년들은 사회화 과정에서 사람들의 통상적인 생각들과 정해진 규범들을 빠르게 익히고 관찰해서 제 것으로 체화하고 그 안에 적응하려 하잖아요. 예를 들어 보통 생애 주기에 따른 기준과 역할이 있고, 그 시기에 특정한 모습으로 살아가는 것이 더 적합하다고 생각하는 것도 그러한 규범 중 하나예요. 그 점이 이 작품에도 드러나요. 화려한 옷을 입고, 노래 교실을 열고, 주변의 다른 노인들에게 어떤 삶을 살아야 한다고 가르치는 주인공 효리의 할머니가 있죠. 어떻게 보면 할머니는 보통의 할머니와는 다른, 규범 바깥의 존재예요. 그러다 보니 사람들한테 수군거림도 당하고 비난도 받아요. 하지만 할머니는 개의치 않고 의연해요. 이를 통해 노년은 납작하거나 정형화되고 변수가 없는 안정적인 삶, 때로는 아프기만 한 환자로만 등장하는 게 아니라, 생기 있게 자기 삶을 적극적으로 추구하고 살아가는 우리와 같은 욕구를 가진 존재라는 걸 보여 줘요. 자신의 욕구를 추구하는 노년의 삶을 청소년이 들여다볼 수 있는 게 이 작품의 매력이라고 생각해요.

이민수 우리 사회가 유난히 나이에 많이 얽매여 있는 것 같아요. 미국은 취업할 때 나이를 묻지 않는다고 들었어요. 나이로 누군가의 행동이나 능력을 판단하는 것은 차별이니까요. 저도 그랬지만 노년의 사랑을 오글거리고 어색하게 보는 아이들이 많을 거예요. 그런데 노인이 돼도 마음은 달라지지 않겠다는 걸 제가 나이가 들어가니 알겠더라고요. 저는 작품 속 인물들이 매력적이고 재미있었어요. 책을 읽고 느끼는 점은 학생들도 저랑 비슷할 것 같아요.

김영희 할아버지가 사랑을 하게 되고 가족들에게 요구하는 바가 분가 비용과 퇴직금이에요. 사실 이건 할아버지의 정당한 주장이거든요. 하지만 가족들이 크게 놀라며 자신들에게 피해를 입히는 것처럼 반응해요. 저는 할아버지의 이러한 요구가, 그동안 가족을 위해 일정 희생하며 지내는 '가족 구성원으로서의 역할'에서 벗어나 온전하게 자기 자신으로 서게 하는 일이라고 생각했어요. 그게 사랑의 역할이다, 라고요.

이민수 아이들도 자라면서, 특히 누군가를 좋아하면 비밀이 생기고, 부모와 의존적인 관계에서 점차 독립적으로 되잖아요. 그런데 나이가 든다고 모두가 그렇게 되는 건 아니에요. 3,40대 성인이 되어도 경제적이든 정서적이든 부모에게서 독립을 못 하는 사람들도 있지요. 그런데 이 소설을 보면서 사랑을 통해 우리가 조금 더 독립적으로 살아갈 수 있게 되지 않을까 생각했어요. 효리의 할머니와 유진의 할아버지를 보면 생기발랄해지고 스스로의 힘으로 뭔가 해 보고 싶어지는 마음이 들게 하는 것, 이게 바로 사랑이구나 싶었어요.

김영희 이 소설집에는 다양한 여성들이 등장해요. 「할머니의 유튜브 재생 목록」의 '할머니'와 「나와 함께 트와일라잇을」의 '엄마', 「사과의 사생활」의 '사과'는 혈연 관계는 아니지만, 나이로 봤을 때 여성 3대로 해석할 수도 있죠. 저는 이 이야기들을 각기 다른 세대의 여성들이 자신을 찾아가는 서사라고 읽었어요. 아이러니하면서도 재미있는 점은 가장 깨어 있는 여성이 '할머니'라는 점이고요. 할머니가 원래 자기를 실현하는 여성으로 살아갔잖아요.

청소년 소설에서 이런 다양한 여성들이 자기를 찾는 이야기를 해 준다는 점이 고무적이에요. 청소년들은 책을 읽고 다른 사람과 다른 듯 보이는 자신, 혹은 타인을 '이상한 게 아니구나'라며 긍정할 수 있죠. 이 과정에서 시야를 확장하고 세상을 보는 시선을 정립하잖아요. 그런 점에서 노년의 사랑을 이야기하는 할머니의 역할이 정말 커요. "사랑을 하니 좋더라!"라고 말하고, 결혼은 하지 않겠다고 해요. 얼마나 쿨하고 힙합니까(웃음).

장재영 할머니는 효리한테 진실한 소통을 요구하는 사람이자 효리의 일탈 경험(술, 담배, 연애)을 수용해 주는 유일한 존재예요. 우리는 보통 나보다 나이가 많은 사람과 진실한 소통을 하기 어렵다고 생각하는데, 이 소설에서는 나이 차이를 넘어 효리와 할머니가 서로 진실한 소통을 하는 유일한 상대라는 점이 인상적이에요. 그래서 효리는 할머니에게 자기 말고 또 다른 중요한 존재가 생기는 것을 두려워하고, 삶이 흔들려요. 그런데 결말에서 효리의 관심이 할머니에서 유진으로 넓어지고, 유진의 할아버지는 지금 어떤 마음일까 하는 이런 궁금증을 가지면서 효리의 관계와 삶이 더 확장돼요.

이민수 저는 효리의 다양하고 복합적인 감정이 공감돼서 좋았어요. 한부모 가정의 아이들은 엄마나 아빠에게 연인이 생기면, 부모의 낯선 연인과의 만남이 서운하고 자신은 소외된다고 느낄 거예요. 나보다 더 중요한 사람이 생겼구나, 나를 버리는 건가 하면서 효리처럼 불안하고 배신감이 들 것 같고요. 하지만 부모의 삶을 응원한다면 결국엔 이해하고 가족으로 받아들이게 될 거라 믿어요. 이 소설은 한부모 가정의 아이들이 부모의 연애를 보면서 느낄 여러 가지 감정도 잘 담아냈다고 생각합니다.

김영희 저는 조우리 작가님이 작품을 통해 '조부모의 사랑'을 그린 것이 정말 탁월한 선택이라고 생각해요. 타인의 사랑에 개입해서 이래라저래라 할 수 있는 권리는 누구에게도 없지만 우리는 아주 무례하게 타인의 사랑에 끼어들곤 해요. 이성애가 아닌 사랑, 장애인의 사랑 등에 개입하는 사람들을 저희는 종종 보곤 하죠.

내가 아닌 타인이 경험하는 사랑을 대하는 청소년의 자세를 알려 주는 것은 정말 중요합니다. 하지만 사회적으로 '무례한 방식으로 개입받는' 사랑들의 경우에는 청소년들이 일상에서 접하기 쉽지 않잖아요. 그런 점에서 나의 일상과 맞닿아 있는 존재들의 사랑을 보여 주며 '사랑은 주체적인 삶을 살게 해. 그러니 그들의 의사를 존중해야 해.'라고 알려 주는 작품들이 필요해요. 저는 '조부모의 사랑'이 그러한 목적 달성에 탁월하게 기여한 소재라고 생각합니다.

할머니와 할아버지의 사랑은, 부모가 새로운 사랑을 찾는 것과는 다른 느낌이죠. 부모가 새로운 사랑을 찾는다고 하면 마치 나를 버린 것 같은 느낌이 들잖아요. 청소년기 자녀 입장에서는 불안함과 공포감을 가질 수 있어요. 하지만 조부모의 사랑은 조금 더 객관적인 자세로 바라보게 돼요.

효리는 할머니와 둘만 살잖아요. 할머니의 연애 상황에서 긴장을 품을 수 있어요. 하지만 할머니는 연애만 하겠다고 이야기하거든요. 할머니는 할머니대로 사랑을 하고, 효리는 위협받지 않아요. 할머니의 연애 덕분에 마음을 나눌 수 있는 유진이라는 친구가 생기잖아요. 이 소설은 내 가족의 사랑이 실은 나에게 위협이 되지 않고, 그 사랑로 인해 내가 가진 관계들이 긍정적인 방향으로 확장될 수 있다는 걸 알려 줘요.

이민수 맞아요. 각자의 할머니와 할아버지가 사랑하는 사이라는 이유만으로 둘은 가까워지고, 효리는 유진과 할아버지가 좋아하는 것들이 궁금해지죠. 사랑이란 이렇게 관계를 넓혀 주면서, 나랑 전혀 관계없던 존재에게 호기심과 호감이 생기면서 서로를 연결해 주는 게 아닐까? 그래서 따뜻하게 다가왔어요. 때론 누군가의 유난스러운 사랑을 아이들이 자연스럽게 봐주었으면 좋겠어요.

김영희 이 소설집 전체에서 사회적으로 하면 안 된다고 금지되는 게 두 개 있죠. 「할머니의 유튜브 재생 목록」은 노인의 사랑, 「사과의 사생활」은 섹스와 자위예요. 그런 걸 봤을 때 “그걸 할 나이가 아니니까 안 돼요.”라고 금지되는 일들의 범위는 오히려 노인에게 훨씬 넓은 게 아닌가 싶어요. 청소년에게는 연애하지 말라는 금지가 노인을 향하는 금지만큼 “어우, 뭐야, 연애라니!”라고 의아해하고 조롱하는 의미가 얹혀 전해지진 않잖아요. “공부에 방해되니까 하지 마!” 정도죠. “우리의 연애를 인정해 주세요!”라는 청소년 소설이 2023년에 쓰인다면 시대착오적인 이야기지만 노년의 사랑에 대해서는 그 주장이 유효하죠. 그런 것을 보면 사랑과 연애 측면에서는 노인들이 오히려 소수자인 것 아닐까, 라는 생각도 들었어요.

장재영 소설에서 노인들이 모여 사회생활, 취미 생활을 하는 것을 바람피우고 ‘연애질’한다고 표현해요. 규범 안에 있는 사람들은 할머니를 보면서 순진한 할아버지를 꾀는 ‘가정 파괴범’이라고 말하고, 할머니는 비난을 감내하는 인물로 나와요. 그들은 노인에게 생애주기에 어울리는 어떤 행동 양식이나 삶의 양식이 있다고 보고 노년은 연애와 어울리지 않는 시기라고 생각하죠. 세간의 비난을 받는다는 점에서, 노인의 사랑은 청소년의 연애와 닮아 있어요. 사람들은 청소년들이 호르몬의 영향으로 감정과 욕구를 조절할 수 없다고 말하면서도 학업과 과업을 수행해야 하기 때문에 연애를 허용해서는 안 된다고, 위험할 수 있다고 말하잖아요. 이처럼 나이를 둘러싼 규범을 비판하는 것이 이 작품에서 눈에 띄었어요. 「사과의 사생활」도 성적인 탐색을 청소년에게 허용해서는 안 된다고 말하는 현실을 비판하고 있어요. 나이 주의, 연령주의, 즉 나이에 따른 차별에 관심이 있는데, 소설이 그런 현실을 드러내고 있어서 흥미로웠습니다.

김영희 「할머니의 유튜브 재생 목록」에서 사랑을 통해 할머니 할아버지가 행복해하고 자아를 찾아가는 모습을 지켜보면서, 처음엔 조부모의 사랑을 반대하던 효리와 유진이의 생각도 변화해요. 누군가에게 "당신은 사랑할 자격 혹은 조건이 되지 않으니 안 돼!"라고 금지하는 것이 얼마나 큰 모순이고 폭력인가 생각하게 하는 데 탁월한 상황 설정인 것 같아요. 다른 소재로는 설명할 수 없을 거예요. 이 소설을 읽은 청소년들이 내가 아닌 타인의 사랑 그리고 더 나아가 그들의 선택에 대해 무례하게 개입하지 않는 성숙한 태도를 가질 수 있으리라 기대해요. 그럼 세상이 지금보다 훨씬 더 좋아지겠지요(웃음).

2. 성性적 존재로서의 나를 찾아가는 청소년들에 관하여

김영희 「사과의 사생활」을 보면서 최근 성교육 · 성평등 도서를 공공도서관에서 빼야 한다고 요구하는 모 단체의 행태가 떠올랐어요. 실제로 아동 · 청소년의 성을 다룬 책들이 검색과 대출 불가 처리가 되기도 했고요. 아이들이 나답게 살기 위해 필요한 것 중 하나가 '자신에 대한 이해'인데, 그중 중요한 꼭지인 '성'을 알려 주는 책들이 배척당하는 현실이 안타깝고 화가 났어요.

이민수 차별과 편견이 없어지는 게 민주주의고 더 나은 방향이라고 이야기하는데, 사람마다 온도 차이가 있는 것 같아요. 외부적인 영향으로 압력이 들어오고 책이 제외되는 건 마음이 아픕니다. 한때 이경혜 작가님의 『어느 날 내가 죽었습니다』(바람의아이들)도 자살을 부추긴다는 오해를 받은 적이 있어요. 그런 내용이 아닌데도 제목이나 분위기만 보고 오해해서 안 좋은 책으로 낙인을 찍었죠. 최근의 일도 어떤 기준으로 과감하게 결정한 것일까 안타까워요.

장재영 성인들이 아동 · 청소년을 어떤 존재로 이해하고 있는지 따져 볼 수밖에 없어요. 아동 · 청소년이 성에 대해서 알아가는 게 자신의 정체성과 성적 다양성을 이해하는 계기가 될 것인가, 정말 위험 요소가 될 것인가 생각하는 사람들로 나뉘는데, 어떤 사람들은 아동 · 청소년이 분별력이 부족한 존재라고 생각하는 거예요. 청소년들에게 성에 관한 정보와 지식을 제공하면 성 정체성, 성적 지향, 자위, 성적 경험 등을 무분별하게 모방하고 따라 할 거라고 여기고 아예 차단하려 하는 거죠. 그래서 그들은 책들을 수거해야 한다고 말해요. 사실 이 문제는 현실 인식이나 세계관의 차이라서 대화하는 게 어려워요.

하지만 청소년기는 다양한 루트를 통해 자기가 원하는 것, 알고 싶은 것들을 계속 찾아가는 시기입니다. 성에 관해 보다 정확하고 과학적인 양질의 정보가 오히려 도서관을 통해 제공되어야 한다고 생각해요. 그게 청소년의 성장을 돕는 방법입니다. 또한 도서관에서 책을 제외한다고 해서 그들이 정보를 실질적으로 검색하고 공유하는 것을 완전히 막을 수는 없어요. 오히려 아동 · 청소년이 필요로 하는 걸 같이 알아보고 함께 대화하는 기회가 많아져야 합니다.

김영희 스웨덴 스톡홀름에 티오트레톤(TioTretton)이라는 어린이 도서관이 있어요. 10세부터 13세를 위한 책들이 있는데 성인이 못 들어가요. 성인도 완전한 존재가 아니기 때문에 굳이 나이가 많다는 이유로 아이들에게 취향에 맞는 책을 권하는 것이 적절하지 않다는 거죠. 성인들은 대체로 아이들이 궁금해하는 것을 알려 주는 책보다, 자신이 말하고 싶은 교훈을 책의 힘을 빌어 전하려 하잖아요. 나이를 기준으로 아동 · 청소년은 불완전하고 무분별한 존재라 정하는 건 위험한 생각이에요. 작품으로 돌아가서 「사과의 사생활」은 성이 주제인데, 주인공 사과와 친구들이 나누는 대화가 굉장히 건강해요. 그런데 성인들이 "안 돼!"라고 말하고 있는 현실을 보면서 오히려 청소년의 건강한 성장을 방해하는 게 아닌지 염려되었어요.

이민수 중학생들이 성적 자기결정권에 대해 토론할 때 "왜 하면 안 되죠? 사랑해서 둘이 합의했다면 해도 되잖아요."라고 말해요. 그럼 전에는 완벽한 피임은 없으니 임신을 해도 책임질 수 있을 때 관계를 갖는 게 좋다고 했는데, 이제 낙태가 합법화되었으니 상황이 바뀌었어요. 무작정 안 된다는 말은 이제 설득력이 없죠.

김영희 「사과의 사생활」은 여성 청소년의 자위를 소재로 삼았다는 점에서 정말 새롭고 놀라운 작품이에요. 저는 이 작품을 읽으며 『19세』라는 청소년 소설이 떠올랐어요. 정말 오래된 작품이거든요. 교과서에도 실렸고요. 내용 중에 남성 청소년이 겪는 성적 호기심과 해결 방법이 한 꼭지 실려 있어요. 물론 교과서에 실린 내용은 이게 아니지만요(웃음). 정말 오래 전에 쓰인 작품에 남성 청소년의 자위가 실린 것과 비교하면 사회가 남성 청소년의 성적 호기심 해소에 대해서는 상당히 관대하다고 볼 수 있지요. 제가 「사과의 사생활」이 건강하다고 하는 이유는, '자위'라고 하면 저희가 떠올리는 스테레오타입이 있잖아요. 마음에 품은 누군가를 떠올리며 행위를 하는. 하지만 그건 폭력이고 착취잖아요, 동의되지 않았다는 점에서. 「사과의 사생활」의 주인공 사과는 혼자서 자위 기구를 사용해 성욕을 해소해요. 착취나 폭력이 수반되지 않아요.

이민수 사실 청소년들이 성관계를 안 하거나 미뤘으면 하는 마음이라면, 자위를 적극적으로 권할 수 있는데 어른들이 알려 주진 않아요. 소설 속 사과의 언니 둘은 자연스럽게 성에 대한 이야기를 나누죠. 사과는 언니가 주문한 성인용품을 통해 또래 친구들보다는 앞서 알게 되고 친구들 앞에서 "뭘 부끄러워야 하는데? 그래. 내가 했다."라고 당당하게 말해요. 아이들은 건강하고 씩씩한 사과의 모습을 보고 신기해하고 통쾌할 거예요.

장재영 여성 청소년이 첫 대사에서 "쎅스! 밤!"이라고 외치는 것부터 강렬해요. 또한 청소년들 사이에서 이미 오갈 만한 이야기들을 현실적으로 담아냈다고 생각했어요. 청소년이 아니더라도 2,30대 여성들 사이에서 실제로 오가는 정보들이 나와요. 그리고 흔히 성욕에 관한 이야기라면 변태적이라고 생각하거나 아무래도 말하기 불편한 주제라는 인식이 많은데, 소설에서는 식욕처럼 자연스러운 욕구라고 설명해요. 성을 평범한 일상의 이야기 소재로 표현한 점이 인상적이었어요.

김영희 앞서 사과가 아무도 떠올리지 않고 자위를 했다는 말을 했는데, 흥미로운 점은 남자 친구를 사귈 때에도 그를 떠올리지 않는다는 점이었어요. 그런 점에서 사과의 자위는 순수하게 자신의 몸을 궁금해하고, 스스로 자신을 즐겁게 만들 수 있는 법을 탐색하는 방안이 된다고 생각해요. 사과가 궁금해하는 건 자위이지 섹스가 아니잖아요. 섹스를 통해 느끼는 기쁨에는 '이 사람과 내가 이렇게 밀착된 사이다, 서로를 소중하게 여긴다'는 관계에 근거한 고양감이 수반된다는 점에서 '나 혼자, 언제나 내 마음대로' 나를 즐겁게 만들 수 있는 기제는 아니에요. 자위를 궁금해하는 여성 청소년 사과는 상당히 독립적인 쾌락을 추구하는 거죠. 온전히 자기 혼자 기뻐질 수 있는 존재로 여성 청소년을 그렸다는 점이 저는 너무 산뜻하고 상쾌했어요. 사랑을 갈구하는 것이 아니라.

이민수 사과를 보면서 『동정 없는 세상』(문학동네)이 생각났어요. 그 소설에는 고 3 여자 주인공이 나오는데 자신의 욕구를 정확하게 말해요. 예전에 중 3 시험이 다 끝나고 한 여학생이 『동정 없는 세상』을 읽고 나서 저에게 말하더라고요. 성관계에 전혀 관심이 없었는데 읽고 나니까 한번 해 보고 싶다고요. 저는 당황스러웠지만 한편 반가운 마음도 들었어요. 성에 대한 건강한 호기심이 생긴 거니까요. 「사과의 사생활」의 사과도 자기의 의사와 욕구를 정확히 표현해요. 그 지점이 멋지더라고요.

장재영 이 소설에는 성적 경험에 대해 여성 청소년들이 갖게 되는 여러 가지 입장, 감각들이 잘 표현되어 있어요. 드라마나 영화에서는 키스하는 장면이 아름답고 매혹적인데 실제 키스는 그런 기대와는 달랐다는 걸 솔직하게 표현하죠. 또한 영후는 사과와 더 '진도'를 빼기 원하는데, "나는 아직 섹스를 하고 싶은 생각이 없다. 내가 원하는 건 오르가슴일 뿐이다."라고 사과는 말해요. 좋아하는 남성의 욕구에 맞춰야 할 것 같은 압박이 있음에도 자기의 욕구와 선을 또렷하게 표현하는 여성 청소년이 등장한 게 짜릿했어요. 마지막에도 영후의 폭로에 사과가 모욕감을 느끼고 도망치거나 상처 입겠다고 예상했는데, 너무 당당하고 솔직하게 자기 욕망을 긍정하면서 맞서요. 그리고 친구들이 사과의 결정을 지지해 주는 결말이 등장하죠. 여성이 이런 위기에서 용기 있게 무엇을 할 수 있는지를 소설이 보여 줌으로써, 독자들에게 용기와 힘을 전한다고 생각했어요.

김영희 맞아요. 사과가 "이 싸움에서 절대 이기겠다고, 다짐"하는 장면이 너무 매력적이죠. '그렇게 생각하고 행동하는 거 수치스럽지 않아도 돼!'라고 성인 여성이 여성 청소년들에게 직접 말해 주는 느낌이라 전 상당히 울컥하더라고요.

장재영 인간은 누구나 성적 존재잖아요. 그런데 아동·청소년은 성적 욕망의 상자가 열리면 주체할 수 없고 조절하지 못할 거라는 편견이 있어요. 성적 경험이나 정보가 그들을 자극할 테니 위험하다는 거죠. 이 소설에 구체적인 도구의 이름이 나오는데 저에게도 청소년 독자들이 그걸 실제로 검색한다면 어떨까 하는 두려움이 있거든요. 그러한 인식 때문에 청소년이 자위 도구를 살 수 없는 현실이 만들어진 거죠. 그런데 이걸 청소년들한테 판매하지 않을 정당한 이유가 있을까요? 실제로 자위 도구는 몸의 감각을 탐험하는 도구죠. 누군가를 해하는 것도 아니고요. 단지 성인들의 두려움이 큰 거죠. 작가님이 그런 점을 비판한다고 생각했어요.

한때 청소년이 편의점에서 콘돔을 구매하는 것이 괜찮은가에 대한 논쟁이 있었어요. '청소년에게 콘돔을 팔지 않는다'고 안내문을 붙여 둔 편의점 주인도 있었지요. 콘돔은 의료기기라 누구나 살 수 있는데 청소년이 콘돔을 사는 게 잘못됐단 거예요. 실제로 당연히 합법입니다. 잘 생각해 보면 청소년이 성행위를 하기로 마음먹었다면 콘돔 같은 피임 도구가 있는 게 더 안전해요. 무조건 차단하려고만 하는 게 아동·청소년을 위험으로 몰아세우는 건 아닐까요. 말로는 청소년한테도 성적 자기결정권이 있다고 이야기하지만, 우리가 안전한 환경을 충분히 만들어 주지 못하고 있지 않은지 성찰해야 해요. 하지만 현실에 기반해 이러한 주장을 하면 '청소년의 성행위를 조장한다'며 왜곡하기도 하죠.

최근에도 정부가 밀폐된 공간이 있는 룸카페를 청소년 출입 고용 금지업소로 지정했지요. 룸카페에 와서 성 행위를 하니까 금지하겠다는 건데요. 다른 각도에서 왜 청소년이 룸카페에 올 수 밖에 없을까? 하는 질문도 해 봐야 해요. 청소년에게는 성적 접촉을 할 수 있는 안전한 공간, 적절한 공간이 없는 거예요. 여러 공간들이 차단되면 오히려 그들이 자신을 위험에 노출할 수밖에 없는 장소들로 밀려나게 되지 않을까요?

청소년에 대한 실질적인 이해가 필요하다고 생각해요. 그들을 학업, 대입, 성장과 같은 과업에 묶어 두면서, 성적 존재로서 자기 자신을 찾아가고 자아 정체성을 확립해 나가는 과제들은 '중요한' 걸 마친 후에, 성인이라는 '자격'을 갖춘 후에 해야 한다고 말한다면, 그들이 실제로 알고 싶어 하고 요구하는 걸 후순위로 미루고 유예해야 한다고 말하는 사회적 분위기 속에서, 그들은 계속 소외를 경험할 수밖에 없다고 생각해요.

김영희 문득 이 소설이 남성 청소년에게 어떤 영향을 미칠까 생각했어요. 남성 청소년들은 교실에서 성에 대한 호기심을 자주 노출하거든요. 그 친구들이 하는 말을 듣고 있으면 성적인 관계에서 여성이 주체적인 의지와 선호와 입장을 갖고 있는 존재란 생각을 하고 있지 못한단 생각을 가질 때가 많아요. 남성 청소년들이 이 소설을 읽는 일이 성과 관련한 모든 행위에 대해 그것에 관계된 모든 존재는 주체성을 갖는다는 점을 깨닫게 하리라 기대해요.

이민수 독일은 성교육, 시민교육, 생태교육 세 가지를 교육에서 가장 중요하게 여긴다고 해요. 성교육은 나 자신과 관계 맺음, 시민교육은 나와 타인, 생태 교육은 나와 자연, 관계가 점점 더 확장되어 가죠. 학생들은 성에 대해서는 죄책감이나 부끄러움이 없고, 오히려 비행기를 타고 먼 곳으로 수학여행을 가거나 쓰레기를 함부로 버리는 등 환경을 오염시킬 때 죄책감이 생긴다고 해요. 우리도 성교육, 민주 시민 교육, 생태교육을 제대로 해야 개인의 삶은 물론 다같이 행복한 사회, 지속가능한 삶을 만들 수 있겠구나 싶었습니다.

그동안 여성 청소년이 성적인 욕구를 가진 존재나 주체로서 인정받지 못했는데, 교사나 부모로서 사과 같은 딸을 키우고 싶지 않을까요? 청소년은 성관계를 자유롭게 못 하니 자위 기구도 필요하다면 쓸 수 있겠다 싶고요. 처음엔 사과의 행동을 보면서 놀랐지만, 따져 보면 다 맞는 말을 하고 있어요. 학생들이 작품을 읽고 성관계나 자위에 대해서도 대화를 나누고, 어떤 상황에서든 당당하게 자신의 욕구를 말할 수 있다면 이거야말로 성교육에 좋은 교재이지 않을까요.

김영희　「사과의 사생활」이 많이 읽혔으면 좋겠어요. '청소년'이라는 단어 안에 '소녀'라는 말이 명시적으로 들어가 있지는 않잖아요. 단어를 만들 때 소녀가 배제된 결과라고 생각해요. 소녀가 주인공이 되어 자기의 삶을 이끌어 가고, 자신의 쾌락을 나 혼자 추구할 수 있는 완결된 존재로 그리는 작품들이 많아지는 것은 그동안 사회를 지배해 온 이데올로기를 전복하는 아주 벅차고 멋진 시도라고 생각해요. 많은 분이 이 소설을 많은 청소년에게 권해 주시길 바라요.

3. 학교와 가정 그리고 일터, 청소년을 둘러싼 환경에 관하여

장재영　「나와 함께 트와일라잇을」(가정), 「껍데기는 하나도 없다」(가정과 학교), 「에버 어게인」(일터)을 묶어서 이야기하고 싶어요.

이 세 편의 등장인물은 모두 가정과 학교, 일터라는 공간에서 안전하다는 감각을 느낄 수 없는 상황이에요.

「나와 함께 트와일라잇을」의 아빠는 가정적인 것처럼 보이지만 가부장적인 질서를 엄격하게 추구하는 인물이죠. 그의 질서 속에서 엄마와 딸인 주인공이 알 수 없는 두통을 경험합니다. 딸은 아빠와 엄마의 갈등에 고통스러워하는, 갈 곳이 없는 존재이기도 해요.

「껍데기는 하나도 없다」에 등장하는 K는 자신을 보호할 수 있는 어떤 껍데기를 갖기를 원하지만 가질 수 없는 존재로 표현돼요. 또래에 비해 작은 체격에 교실에서의 존재감은 희미하고, 부모가 쉬지 않고 열심히 일해도 안정적인 삶을 기대할 수 없고, 자기만의 독립된 방을 가질 수도 없는 존재예요. 슬픔이나 억압, 분노 같은 것들을 가정과 학교에서 계속 느낄 수밖에 없는 상황입니다.

「에버 어게인」은 직업계 고등학교 청소년들이 실습 나갔다가 사고로 목숨을 잃었던 사건들을 떠올리게 해요. 청소년들은 일터에서 숙련되지 않았으니 저임금으로 고용 가능한 예비 인력으로 여겨지며 노동력을 착취당하는 경우가 많죠. 또한 저임금으로 청소년을 고용할 수밖에 없는 열악한 일터에서 피해를 입기도 하고요.

아동·청소년은 보통 경제적·정서적으로 자립하기 어려운 환경에 놓여 있고 그들은 자신이 속한 환경을 선택하기 어렵잖아요. 그런 면에서 세 단편은 지금의 우리 사회가 그들에게 어떤 환경을 제공하고 있는가를 보여 준다고 생각했어요.

이민수 청소년이 마음 편히 쉴 수 있는 곳은 어디일까요? 그 누구도 부모를 선택해서 태어날 수 없잖아요. 바깥에서 볼 때 완벽하고 좋은 부모일 것 같지만 가정에서 느끼는 부담과 알 수 없는 짐, 거기에 경제적으로 힘들면 더 극한 상황으로 이어지는데, 청소년들이 경제적 · 정서적으로 분리되기는 어렵지요. 결국 무엇에 기대어 청소년기를 보낼 수 있을까 고민합니다. 그런 점에서 「나와 함께 트라일라잇을」과 「껍데기는 하나도 없다」의 주인공 곁에 있는 친구들이 와닿았어요.

「껍데기는 하나도 없다」의 주인공 K는 잘 지내고 싶었던 친구의 편을 들어줬는데 그 애한테 배척당하고, 결국 자기가 모함했던 아이에게 도움을 받아요. 「나와 함께 트라일라잇을」의 주인공은 영이라는 뱀파이어 친구가 도움을 준 게 너무 신비롭고 독특했어요. 뱀파이어의 의례 · 의식을 통해 주인공도 고독한 감정과 고통으로부터 독립적인 존재가 돼요. 영이는 주인공에게 친구가 되어 주는 동시에, 주인공이 자립할 수 있게 강인한 힘을 건넨 거예요. 힘든 상황에서 손을 붙잡고 일어설 수 있게 해 주는 존재들이 있을 때, 공간은 재편성될 수 있고 새로운 존재로 거듭나는 거죠. 엄청 차가운 것 같으면서도 뜨거운 우정이 전해졌습니다.

김영희 세 단편의 등장인물들은 기존에 몸담고 있던 집단을 벗어나 새로운 연대체를 만들어요. 「나와 함께 트와일라잇을」의 주인공은 영이를 만나 집이란 공간에서 자신을 분리해 해외로 떠난 엄마를 찾아가죠. 「껍데기는 하나도 없다」에서는 K가 기존 또래 집단에서 떨어져 나와 우성과 결합해요. 「에버 어게인」은 인턴 세라가 진영과 연대하죠.

그런 점에서 저는 이 소설집에서 실린 작품들이 전체적으로 연대를 이야기하고 있다고 생각해요. '주어진' 집단이 아니라 '서로를 알아본 존재들이 새롭게 결합하여' 만든 집단이라는 점에서 의미가 있어요. 저는 청소년기에 친구들과 분리되는 것이 무서워서 모든 판단과 결정을 친구에게 맞춰 따랐거든요. 저를 자신 있게 노출하면 미움받고 그 집단에서 탈락할 것 같았어요. 마치 우성을 만나기 전의 K 같죠.

이 세상에 존재하는 모든 K가 소설집을 읽으면 자기가 선택할 수 있는 공동체에 대해 새로운 상을 세울 수 있겠다 싶었어요.

이민수 「나와 함께 트와일라잇을」의 주인공을 보면서 조우리 작가님의 『오, 사랑』(사계절) 속 등장인물인 솔이가 생각났어요. 솔이가 나중에 엄마를 만나는 느낌이 들었어요. 소설에서 주인공과 영이가 키스하자 체육 창고 문이 열리잖아요. 둘은 정학을 받고 둘의 관계가 끊어지고 외로운 시간을 보낸 뒤 엄마를 만나는 거잖아요. 최나미 작가님의 『엄마의 마흔 번째 생일』(사계절) 속 엄마가 자기 길을 찾는데 마지막에 아빠와 결별하는 걸로 끝나거든요. 이 소설도 주인공이 자기 삶을 찾아간 엄마를 인정하면서 부모로부터 독립적인 존재가 돼요. 그래서 자기 길을 찾아가는데 어쩔 수 없이 부딪히고 포기하고 희생될 수밖에 없다는 생각이 들었어요. 고통에서 벗어나려는 아이들의 이야기와 어른들의 이야기가 잘 담겨 있어요.

김영희 영이가 주인공에게 하는 대사가 정말 중요하다고 생각했어요. "너에게 의미 있는 건 너 자신뿐이야." 청소년기에는 관계에 의해 감정에 많이 휘둘려요. 뱀파이어와의 입맞춤은 '나를 다른 존재들로부터 단절시킨다'라는 분리의 의미가 아니라, 타인에 의해 휘둘리지 않는 것이 그 부정적인 상황에서 나를 지키는 방법의 하나가 될 수 있다는 일종의 은유예요.

장재영 「에버 어게인」에 대해 이야기하고 싶어요. 사회적인 이슈를 다루는데 현실과 너무 밀착되어 있는 소재라 무거우면서도 가장 말하기 조심스러운 소설이에요. 요즘 현실에서는 어떤 비극적인 사건이 발생하면 희생자의 가족이 느끼는 슬픔에 대해 말하거나 공감하는 일이 점점 어려워진다는 생각이 드는데요. 어쩌면 슬픔에 공감하기보다 회피하는 편이 마음 편하기 때문일지도 모르겠지만 이 소설은 회피 대신 그 슬픔을 정면으로 바라보려 해요.

"가장 약하고 가장 아래에 위치한 힘없는 아이들이 거대한 시스템에 갈려 버린다."는 문장을 통해 작가님은 노동 인권 침해 문제를 직접적으로 지적하는데요. 특히 이 소설에서 인턴 세라가 중요한 인물이라고 생각해요. 목격자이자 사건의 언저리에 있는 사람, 시민으로서 어떤 선택과 행동을 할 수 있는지를 작가님이 세라를 통해 보여준다고 해석했습니다.

이민수 뜻밖의 반전으로 사고 당일의 진상이 밝혀지면서 인턴 세라가 내부 고발자처럼 세상에 공개하잖아요. 역시 누군가의 편을 들어주는 사람은 또 같은 처지에 있는 동료구나 생각했어요. 인턴 세라를 보면서 가진 게 없는 사람이 용감할 수 있다는 생각이 들었는데요. 가장 약자에 속하는 세라는 이 문제를 곧 자신의 문제로 여기면서 강단 있게 자기 목소리를 내요. 가장 절박한 상황에 따듯한 손길을 내어 주는 든든한 존재예요.

김영희 우울증으로 치료를 받고 있는 제자와 이야기를 나눈 적이 있어요. 그 친구는 세상이 너무 나빠서 이곳에서 살 자신이 없다고 말했어요. 신문이나 뉴스를 보면 참혹한 일들이 너무 많다는 거죠. 일반적으로 우울감은 개인의 문제에 기인한다고 생각해 왔는데, 사회적 참사 때문에 그렇게 무거운 마음을 가질 수 있다는 걸 처음 알았어요. 그런 점에서 사회적 재난을 다룬 소설을 읽으며 학생들이 느끼게 되는 "아, 세상이 아무리 엉망이어도 희망을 가져 볼 수 있구나."라는 깨달음이 중요하다고 여겨요. 결국 소설은 소수자가 연대하며 함께 다시 설 수 있다는 가능성을 보여 주잖아요. 그걸 알고 세상을 보는 것과 그렇지 않은 것은 너무나 다르다고 생각해요.

이 작품에 등장하는 의미 있는 설정 중에 진영의 슬픔 앞에서 움직인 사람이 두 명이라는 점인데요. 작가도 자신이 본 것을 SNS에 터뜨리려 하잖아요. 추악한 일을 보고 정의를 실현하려는 사람이 하나여도 힘이 되는데 둘이라는 건 정말 큰 응원이 되죠. 저도 이 순간 정말 짜릿했거든요. 이야기 나온 김에 제가 사랑하는 설정을 하나 더 말씀 드리자면(웃음), 작품의 결말이 나기 전까지는 세라가 정말 미미한 존재잖아요. 아무도 세라가 중요한 역할을 할 인물이라는 생각을 하지 않는데, 정의 구현을 해낸 인물이 마치 엑스트라처럼 보이던 세라라는 점이 짜릿했어요. 이 소설을 읽는 우리 모두 우주 먼지 같은 미미한 존재잖아요(웃음). 그럼에도 불구하고 내가 이런 일을 할 수 있겠다, 라는 마음의 용기가 돼요.

4. 작품집을 읽은 소감

이민수 『사과의 사생활』에는 사랑은 어떤 방식으로 드러나는지, 인물 한 명 한 명에 대한 깊은 이해가 돋보이는 작품들이 수록되어 있어요. 그냥 잘 쓰인 글이 아니라 정말 우리 안의 편견이나 규범 등 불편한 구석구석을 비추면서 전체를 보게 하고 질문을 던지게 하는 점이 좋았습니다. 작품마다 조금씩 다른 결의 사랑이 나오는데, 작가님이 청소년들에게 보내는 뜨거운 응원과 지지를 느낄 수 있었어요. 단편들이 다 잘 읽히고 생각할 거리를 주니 독서 동아리 아이들과 함께 읽고 싶어요. 아이들도 성교육 시간 외에는 성에 대해 툭 터놓고 얘기할 기회가 없다고 아쉬워하는데, 「사과의 사생활」을 읽고 어떤 반응을 보일지 벌써부터 기대됩니다.

장재영 이 소설집에는 위험을 감수해야 하는 선택의 갈림길에 있을 때 확신에 찬 매력적인 여성 주인공들이 등장해요. 특히 할머니와 세라, 사과가 돋보였는데요. '옳은 길, 내가 정말로 바라는 길은 이거야!'라고 말하며 걸어가는 게 인상적이었어요. 또한 주인공들이 서사 속에서 슬픔, 억울함, 분노, 고립감을 경험하지만 마지막에는 조금 더 나은 내일로 나아갈 것 같은 실마리가 보여서 희망적이었어요. 우리 앞에 놓인 여러 가지 복잡한 문제 앞에서 우리가 무력하기만 한 게 아니라 작더라도 우리가 분명히 바꿀 수 있는 것이 존재한다는 걸 보여 주는 결말을 작가님이 제시해 주신 것 같아요. 저 또한 규범 바깥의 소수자로 살아가고 있다는 생각을 할 때가 많은데, 작품집을 읽으며 위로를 받기도 했고 내가 옳다고 생각하는 것으로 한걸음 더 나아갈 수 있는 용기를 얻기도 했습니다.

김영희 청소년을 향한 작가님의 자세가 인상적이었어요. 정말 청소년을 향한 세심하고 적확한 존중이라는 생각이 들었습니다. 예를 들면 청소년의 성에 관해 이야기하지만 이걸 흥밋거리로 다루지 않아요. 아이들이 궁금해할 지점에 대해 가이드라인을 제공하는데, 계몽적인 방식이 아니라 여기 실린 지식과 관계를 풀어 가는 방법들이 정말 교양서로 삼아도 아쉬움이 없을 정도로 좋은 내용이에요.

사실 남성 청소년도 성에 관련한 부분에 대해서는 대상화된 존재예요. 자위에 대한 건을 생각해 보아도, 저희가 남성 청소년의 자위라고 할 때 떠올리는 스테레오 타입이 또 있잖아요. 나는 그렇지 않은데 사회에서 그렇다고 하니까 답답하고 짜증이 나는 남성 청소년도 분명이 존재한다고 저는 생각하거든요. 이런 남성 청소년들을 기존의 틀에서 꺼내려 하는 세심하고 섬세한 시도들을 저는 아직 만나보지 못했어요. 그런 점에서 여성 작가들이 여성 청소년을 위한 글을 활발하게 집필하시는 일이 실제로 세상을 도움 되는 방향으로 이끌어 가고 있다고 생각하는데, 남성 작가님들도 더 고민을 해 주셨으면 좋겠다, 남성 청소년들을 위한 섬세하고 깊이 있는 역할 모델을 만들어 주셨으면 좋겠다, 라는 바람이 있습니다. 그래서 같이 발전해 나가기를 바라요.

*이 책은 서울특별시, 서울문화재단 '2022년 창작집 발간 지원사업'의 지원을 받아 발간되었습니다.

텍스트T 008
사과의 사생활

초판 1쇄 인쇄 2023년 9월 20일 **초판 1쇄 발행** 2023년 10월 10일

글 조우리
펴낸이 이승현

출판3 본부장 최순영
어린이 문학 팀장 박현숙 **편집** 김아름
키즈 디자인 팀장 이수현 **디자인** 허선정

펴낸곳 (주)위즈덤하우스 **출판등록** 2000년 5월 23일 제13-1071호
주소 서울특별시 마포구 양화로 19 합정오피스빌딩 17층
전화 02)2179-5600 **내용문의** 02)2179-5768
홈페이지 www.wisdomhouse.co.kr **전자우편** kids@wisdomhouse.co.kr

ISBN 979-11-6812-783-8 43810